Major Calabar

João Felício dos Santos

Major Calabar

3ª edição

JOSÉ OLYMPIO
EDITORA

© *Herdeiros João Felício dos Santos, 2006*

Reservam-se os direitos desta edição à
EDITORA JOSÉ OLYMPIO LTDA.
Rua Argentina, 171 – 1º andar – São Cristóvão
20921-380 – Rio de Janeiro, RJ – República Federativa do Brasil
Tel.: (21) 2585-2060   Fax: (21) 2585-2086
Printed in Brazil / Impresso no Brasil

Atendemos pelo Reembolso Postal

ISBN 978-85-03-00850-1

Capa: HYBRIS DESIGN / ISABELLA PERROTTA

CIP-Brasil. Catalogação-na-fonte
Sindicato Nacional dos Editores de Livros, RJ.

S233m 3ª ed.	Santos, João Felício dos, 1911-1989 Major Calabar / João Felício dos Santos. – 3ª ed. – Rio de Janeiro: José Olympio, 2009.

ISBN 978-85-03-00850-1

1. Calabar, Domingos Fernandez, 1600?-1635 – Ficção. 2.
Romance brasileiro. I. Título.

	CDD – 869.93
08-4808	CDU – 821.134.3(81)-3

Com o tempo, a História
vai se gastando e
vira ficção, enquanto a lenda,
por conter em si força e colorido,
cresce e vira realidade.

J.F.S.

1

Bicado banzeiro, o mar sumia na roda dos fins.

Vento aberto deitava borrifos no jeito de muita perseguição.

Só dava tempo de desmanchar uma lasca de espuma em cada alteado.

Vela nenhuma quebrava o risco dos horizontes.

Peixe mesmo — peixe de fundo — não ariscava por cima.

Sumiço parelho levou tudo o que se diz asa de pena, dessas que se afoitam, por gosto, no ondeado das águas.

Nem o suspiro da manhã nem a quietação do sol mais alto davam notícia da terra nova.

O cheiro viajante do barro e da folhagem madura, de tão longe, não vinha se misturar com o salitrado solto do ar.

Madrugada vermelha, uma caravela e dois bergantins menos bojudos se foram de carreira, no aproveito do fresco seguro.

Perderam-se rumo sul num pisco de assusto, proas enviezadas para as preguiças do ocidente.

Na fervura da esteira só ficou um aranhado de sargaço.

Depois veio o dia vazio, sol danado de doido, o salgado reverberando grosso, as pinicações de pontas geadas, tudo enchendo de sono a roda dos fins.

Estrela acendeu na soledade.

2

Outro dia fez foi amanhecer festivo de cores.

Nuvem nenhuma.

Azul a se perder num céu maciço.

Vento de aviso de muito calor fartou barriga nos panos da frota.

As cruzes arqueadas tremiam na pintura das velas. Pareciam abancadas da Torre de Belém...

3

Jerônimo de Pina era o piloto-mor.

Jerônimo de Pina gostava de ver as cruzes de sua caravela.

Gostava também de ver, mais distantes, separadas pelo estirão de mar, as cruzes vermelhas, nos traquetes dos bergantins do comboio; era como se Portugal andasse vasculhando gretas remotas...

— Que importava lá aquele domínio espanhol? Aquela rainha que só não sabia parir macho?

As armas de Castela vinham nas bandeiras. Barco feito nos estaleiros do Tejo havia de trazer nas velas a cruz de opinião que dobrou o Cabo!

O piloto olhou para o cesto da gávea onde menino-grumete vigiava o fio dos longes, alerta como tocaiador de boa paga.

Agarrou-se aos guardins da carangueja e deixou que a labréia fria das maretas cortadas de rijo pela faca da proa espargissem-lhe sobre a barba tanta da satisfação.

Barba ruiva, crescida em cacheado pelas dobras da gola de bicos.

Hora para outra, menino da gávea havia de gritar o "Terra à vista!"

Pelo jeito, pela posição da Cruz, noite passada, barcos de andadura maneira, Pernambuco estaria a menos de meia quarta para o Sul. Isso, se já não estivesse de través.

4

No castelo da popa da Santa Efigênia — *a caravela tinha por nome* SANTA EPHYGENIA — *o moço de guia Galdino Mariz do Espírito Santo, labregão do Algarve, avaliava o ângulo formado pelos veleiros subordinados em marcha gabola, no atraso de muitas braças.*

Sentou-se na mesa do canto da amurada e disse ao mestre das sangrias:

— Hoje, sor Valim, calharam-me saudades!

O outro não se importou, entretido a aguçar penas de ema.

— Rolei a noite com a idéia presa nos pequenos... na minha Mafalda...

Valim prosseguiu em silêncio, olhando, agora, o rosado da madrugada.

No mar, é bonito o rosado da madrugada! O vento acorda fresco e as águas se perdem alegres, levadas pela brisa.

Galdino tirou um pé do tamanco. Esgaravatou muito atentamente a quina de uma unha e declarou:

— Isto dói-me!

Pero Valim examinou a pisadura com jeito de grande responsabilidade:

— Encravou?

— Não sei... Parece bicho!

— É tirar-se-lhe.

Galdino abandonou o pé. Os olhos traziam lágrimas das mágoas de dentro:

— Pois é assim, mestre... Hoje, as saudades entraram-me na alma! Ralam-me as marotas! — olhou longe, demoradamente, gozando o ar das virgindades do mundo.

— Outro Natal no mar... Fora de casa... Raios! — afastou uma lágrima com o polegar. — É um enguiço!

O Ano-Bom vai-se também no degredo... Talvez ainda no mar...

— É a vida de um homem, rapaz! Por acaso, será melhor no mar...

Os dois ficaram, olhos perdidos muito além dos bergantins.

— Por acaso será... — concordou Galdino daí a um bocado — Mas... diga o mestre: as lembranças não apertam também as idéias de sor Valim? Não digo sempre... Vez por outra, é claro! Assim quando acode ao juízo a traquinada dum filho... uma chulipada à mulher...

O sangrador puxou um pigarro. Escarrou com ruído fora da amurada.

A carreira do barco deixava para trás, a sumir-se, uma esteira muito macia.

— De purgas, sim, sor Galdino, é cá comigo! De sangrias, de curas, entendo eu que as faço às dúzias. De saudades, não! Fia mais fino. De saudades não percebo nada!

E o mestre se foi embaixo, ao salão de comer, às castanhas que teriam ficado da ceia rica, na véspera, à cata de algum racimo de passas perdido, já tão impregnado da maresia dos porões calafetados.

5

A caravela de Jerônimo de Pina, sempre seguida pelos bergantins, varou mais aquele dia sem conta, balançando os bojos de mansinho no ninado das ondas largas.

Mais aquele Natal...

6

Calmarias voltaram, que já andavam anunciadas.

Por isso, só treze dias depois, véspera de Reis, menino da gávea gritou, numa alegria aflita, o seu "Terra à vista!"

Pela enfiada de bandeirolas logo erguidas em arco até a ponta do mastro grande, a algazarra foi comunicada às outras naus.

Não tardou a resposta colorida num agitar de panos.

Mas o moço de guia, saudoso, pé arruinado em tiras embebidas em alcatrão, viu romper o ano de 1630, olhos na imensidão do mar, idéias presas à casa, ao aconchego da mulher, dos pequenitos travessos...

7

Fugiu de uma poça de lama.

Guinou o corpo e se meteu pelo caminho novo do poço.

Como não diminuísse o passo, prosseguiu estalando a barra da batina entre as pernas muito secas.

Em frente ao oratório público da Senhora de Dentro, parou.

Uma réstia de luz mortiça espichava tristeza de abandono pelo barro do chão.

Benzeu-se e, pelo hábito, espevitou o pavio.

Depois, com um graveto apanhado ao acaso, retirou os insetos que boiavam no azeite do copo.

Como era dia dos Santos Reis, rezou três Ave-Marias em intenção aos ateus, aos infiéis e aos maus cristãos.

Persignou-se de novo, reverenciou a imagem solitária e seguiu estralejando a batina molhada.

A chuva miudinha caía desde os últimos claros da tarde. Não parou quando escureceu de todo.

Foi então que padre Estêvão das Santas Dores resolveu ler um pouco a *Imitação de Cristo*, a ver se a coisa melhorava.

Não melhorou.

Conformado com a zanga, fechou de estalo o breviário:

— Bem... vou assim mesmo!

8

A visita ao comandante da *Capitania* não podia ser adiada. Tratava-se de dar boas novas e o padre, de astuto, sabia muito bem o quanto Matias de Albuquerque gostava que se lhe dessem boas-novas.

Gostava e, conforme a veneta, fazia-as render.

Foi a troco disso que São Telmo ganhou pedra nova para seu altar, na ermida da Ribeira dos Arrecifes!

Isso, quatro anos antes, ainda em fins de 1625, quando Albuquerque era governador-geral e se demorou ali, em Olinda, para esperar Diogo de Oliveira.

Um dia — o sucessor ainda não havia chegado — padre Estêvão se despencou com a novidade: — o bispo da Bahia cedera à pressão política e o resultado...

A notícia não tinha mais importância. Certo foi que o santo dos pescadores e flibusteiros do Recife ganhou a pedra.

Além do mais, o padre não esquecia a pátria distante nove anos.

Nove anos largamente contados!

Antegozava o serão: o comandante da *Capitania*, recém-chegado da Espanha, só falava na Espanha. Gostava de fazer música, de visitas, de tudo, sem preocupações com os boatos que se alastravam pavorosos.

Sobretudo, o velho gostava de xerez bem seco...

Verdade que, agora, as noitadas não eram mais tão divertidas. É que da praia vinham dados absurdos sobre uma esquadra holandesa já a caminho do Brasil.

Diziam num patacho, há pouco entrado de Cabo Verde, que os bárbaros demandavam Pernambuco. Dezenas de naus, centenas de bocas de fogo, milhares de mercenários engajados na tropa da poderosa Companhia das Índias com que a república flamenga mascarava impudicamente suas próprias deliberações bélicas.

Depois, depois... Santas Dores, defendido por horas de meditação e recolhimento, não queria mas estava certo de que, no serão, havia de rever os tufos negros de Maria Rita.

Nem por isso o padre havia deixado de cear, naquele dia, uma beleza de salpicão português, assado às brasas pela velha Penha, sua ama de a um grande bocado.

9

Santas Dores pensava no serão, caminhando ligeiro dentro do escuro feio da noite.

Adiante, cruzou a estradinha que ia ter ao sítio de Pedro Saavedra. De novo, Maria Rita tomou-lhe conta dos pensamentos. Deus o havia protegido — concordou — por nunca ter-lhe dado ocasião de ver a menina com aqueles cabelos soltos... Seria de matar um homem!

Mas o padre imaginava coisas. Lá isso imaginava... e não havia penitência que conseguisse afastar-lhe a menina da mente.

Até o jejum que tanto custava em sacrifícios vinha sendo inútil.

10

Sumindo nos passos pela densa rama de carás que andara a mercar, um moleque cativo tomou-lhe a bênção.

— Lá estará... lá estará... — o padre pensava nisso e foi isso que respondeu à saudação do negrinho espantado.

Caiu em si. Quis remediar mas só acertou em proferir um "não vá a chuva apertar", sem muito cabimento.

Logo, viu as janelas iluminadas do Solar de Marim.

Esquecido do escravozinho coberto de carás, perolado da chuva, entrou de braços levantados, numa alegria, atirando o capotão de solia muito molhado:

— Alvíssaras! Alvíssaras!

O escarcéu estrugiu no corredor.

11

Sobrinhotas do comandante da *Capitania*, Maria Rita e Maria do Amparo arejavam de mocidade a sisudez das conversas. Isso, em todos os serões da casa.

Eram bonitas as filhas de Pedro Saavedra, um dos muitos bastardos de Jerônimo de Albuquerque, o "Torto" bodegão, pai do comandante.

Maria Rita, a mais moça, nascera na Bahia. Ainda não tinha 14 anos.

Amparo era um pouco mais velha. Mais senhora.

12

Mesmo no Recife, com seu porto, seus barcos surtos, vez por outra um elegante veleiro francês de duas fileiras de portalós ou uma caravela armada, de cobertas bem guarnecidas; mesmo no Recife, com seus trapiches e armazéns, sua igreja de Corpo Santo, suas duzentas moradias espalhadas pelos engenhos de ao redor — Apicucos, Caxangá, Moinho da Casa Forte, da Torre, Moinho da Várzea... Mesmo no Recife, onde também morava gente apatacada, não se podia dizer que houvesse sobras de beleza.

Por Olinda, ia a mesma pobreza de graça. Tirando-se de conta algumas meninas portuguesas — e, agora, de Castela também —, filhas de funcionários civis; mais a mulher do Oficial de Justiça Mourão Bastos Lampreia — a Adelaide — bonita minhota da cuia virada, ou familiares dos ainda poucos mercenários e aventureiros de arranjos assentados na terra; tirando-se vinte ou vinte e cinco mesticinhas de peitos novos; só o que se encontrava, fácil, eram velhas emboabas envernizadas de fortuna, negras escravas bem castigadas pelas labutas de casa e de campo, ou cafuzas e mamelucas sujas, mal-ajambradas e malcomidas.

Bárbara era exceção.

Cariboca de 17 anos, tapava o oco da falta de ouros e panos chinos de bicho com olhos peludos, lábios à parte da raça, cabelos um nada encaracolados, um pescoço abundantemente comprido e um narizinho gostoso, quase sem asas, o seu tanto arrebitado.

Vivia em casa de Pedro Saavedra mais como filha do que como cria, senão na riqueza de Rita e Amparo, pelo menos no mesmo trato sem obrigações.

Mas como Bárbara andava vai-não-vai por um mameluco destabocado, de cabelos de um alourado estranho, filho de uma velha calabaça dos Sergipes chamada Ângela e de um galego estripado anos antes, na beira dos sertões, por questão de barganha de dois cachaços, a moça começou a desejar mais o vai do que o não-vai, desde que o padrinho mostrou-lhe sem assopros o avesso de sua posição em casa.

É que o namorado, Domingos Calabar, aposentado em Porto Calvo onde possuía seus alguns açúcares, tinha um pé de corpo e uma arcada de peitos tão grandes como a birra em que lhe afogava a gente Saavedra, afora Maria Rita, justamente a menina contra quem Santas Dores rogava tanto ao Senhor que o defendesse.

13

— Alvíssaras! Alvíssaras! — prosseguiu o padre até o salão. Matias de Albuquerque Maranhão estava sentado junto à porta, num silhão de arco, arreliando por gosto um gato de pêlo branco.

De visitas, a um canto da mesa, Pedro Saavedra e João Farinha, outro negociante pernambucano, insistiam contra os judeus, sempre perigosos em caso de invasão. Perto da janela do meio, a mais larga do casarão, Pedro Corrêa da Gama, o sargento-mor do Estado-Geral, dava conta ao tenente André Dias da França das ordens que trazia da Bahia, numa disciplina açodada.

As meninas tagarelavam na alcova dos fundos com a mulher do alcaide Lampreia:

— Do que não gosto é de velhos! — dizia Adelaide na patuscada das moças, ao contar suas travessuras, indiferente à calva rabugenta do marido.

— Alvíssaras! — O padre só se calou e arriou os braços quando o comandante desabou numa gargalhada, fazendo fugir o gato:

— Minhas caravelas estão entrando a barra! Não é isso, reverendo?

O novidadeiro enfiou seu desapontamento:

— Era... Eram minhas alvíssaras... Efetivamente, eram! Mas agora...

— Foram vistas bordejando — prosseguiu Matias de Albuquerque enquanto o padre cumprimentava ao redor. — Só entram amanhã com a maré e bom vento. O Calabar já deve estar a caminho para as meter barra adentro. Pasme o padre! Sabe o que prometeu o diabo? Trazer-me as naus diretamente a Olinda!

E tra-las-á o biltre! Conhece todas as barretas dos arrecifes! Diz que é para arreliar com o povo...

As meninas silenciaram, dentro, com a atenção presa à conversa. Matias retomou o assunto:

— Mandei-o na falua do Saavedra. Aquele grauçá é tão endemoninhado como habilidoso. — Referia-se à estranha cor dos cabelos do futuro major. — Não há negar! — É um azougue!

Da camarinha, Maria do Amparo recriminou o velho:

— Veja, reverendo, que liberdades dá o tio àquele negro! — assomando à porta, acrescentou num agaste: — Hoje, por causa das naus, quase o mete cá no salão! Era o que faltava. Era ou não era? — num frufru vaidoso, a menina tornou à alcova.

Mas o padre não queria saber de outras coisas que de suas alvíssaras perdidas:

— Ora as caravelas... E eu a pensar que seria o primeiro!

— Dá-se que vossa reverendíssima não sabe que tenho espias?

Santas Dores, cada vez mais envergonhado pelo fiasco, só pediu ao tarelo que dissesse, por caridade, qual fora o esperto que lhe havia tomado a dianteira na informação. Com isso, atenuava a grande enfiada e a mágoa de ver que ia perigo em sua intenção de pedir paramentos novos para a capela do Santíssimo.

— Gostaria sempre de saber quem foi o tratante... gostaria... Olá se gostaria!

Matias de Albuquerque continuava rindo, divertido. Por fim, com o lábio grosso, indicou a dependência dos fundos a inculcar as sobrinhas:

— São que nem alhos!

— Ora se são! — concordou o religioso.

Mas o comandante tornou-se sério:

— Apenas três naus pequenas. Talvez corvetas... patachotes... Sei lá! Trazem soldados. Poucos. Trarão alguma munição.

Não sei! As notícias que o sargento-mor traz é que são graves e não merecem alvíssaras. Até pelo contrário. Olhe vossa reverendíssima que recados oficiais não são conversas de praia! Nós não podemos pensar como Amparo que só cuida de seu virginal inglês. Se calhar, nem isso veio que, já agora, não estamos para músicas.

Santas Dores foi-se anuviando. Matias de Albuquerque percebeu-lhe o choque. Não procurou aliviar palavras:

— A verdade é a verdade! Mais dia, menos dia, temos o holandês pelos cornos! Como na Bahia. Pior que na Bahia. É assim mesmo, caro padre. É a vida! Vêm, gulosos, com olho nas terras, nas alfaias, na barriga das meninas...

— Seja o que Deus quiser! — o padre não achou outro consolo contra a desmesurada gula do holandês, já a chegar.

— Seja sim! Embora, se não fizermos por onde, suspeito muito que Ele não há de querer o bastante em nosso favor...

— Então, é fato o que se repete por aí, desde o desastre de Todos os Santos? É Vossa Senhoria quem o confirma?

— Eu não! Quem diz não sou eu. É ali o sargento-mor.

O padre resolveu insistir no reparo divino:

— Que as provações nos aproveitem desde que são vindas de Deus!

— O diabo é que Deus, às vezes, exagera, padre! — Matias riu de novo. — Enfim... o que tiver de ser, será!

Calaram-se por um bocado a avaliar o que havia de ser, no futuro, com o holandês dentro de casa.

Saavedra reparou, então, na batina, nos sapatos encharcados de Santas Dores:

— Ritinha, minha filha — chamou para dentro — veja um pouco de vinho para o padre. Molhado como está, só não se há de resfriar tomando um gole de vinho.

— Mas há de ser do espanhol — acrescentou o dono da casa. — Dos nossos! Sargento — agora, Matias de Albuquerque se dirigia ao sargento-mor — esclareça aqui ao reverendo Estêvão sobre o que corre pela Bahia e ao que vem vossa mercê a Pernambuco.

O militar deixou o tenente com sua pitada em suspenso no vão da janela, aproximou-se prontamente e tomou o braço do padre, com um ligeiro empuxão na barra da véstia encardida:

— É fato... para cima de cinqüenta velas... mais de mil bocas de fogo... — as palavras foram-se perdendo ao comprido da sala — dez mil homens... Seguramente, dez mil homens...

— Que me diz vossa mercê, senhor sargento? — o padre tomou o vinho que Maria Rita lhe trouxe. O olhar seguiu a reverência do protocolo. Depois, com sutileza humilde, acompanhou o sumiço da menina.

Matias de Albuquerque, despachado o padre, abaixou-se e tornou à brincadeira de escamotear mangabas ao gato branco, já de volta, muito ressabiado.

Dentro, Maria do Amparo ainda recriminava o tio pelo desaforo de permitir petulâncias àquele mulato atrevido:

— Só mesmo a idiota da Bárbara... Deus me livre!

— É isso mesmo! — acrescentou Adelaide. — É nisto o que dá se viver em terras selvagens! Eu ando doida para o Lampreia voltar... Aqui, até já nem tenho mais cores... Vejam! Também... só comendo comida de bugre! Salsa, minha filha! Nunca mais vi um pé de salsa na minha vida! É por isso que ando com essa cara mais amarela do que açafrão! Sabe como eu comia salsas em Portugal! Aos molhos, minha filha! Aos molhos!...

14

Ainda não havia soado o recolher no estaleiro da ilha, quando Santas Dores se retirou.

Pelo caminho de volta, já céu lavado, estrela fuzilando numa festa, o padre vinha pensando seriamente em tudo aquilo.

Andava roído por dentro. Só muito amor a Nosso Senhor Jesus Cristo pode arrancar um homem do mimado de sua casa para comer um bando de anos preso em um seminário onde tudo o que é bom de fazer não presta para a salvação da alma. Depois, o gosto ainda na boca do primeiro vinho consagrado, todos os propósitos se transformam em espanto no grabato de uma embarcação estralejante, cabritando ondas, em busca dos longes do mundo.

E quando uma vida dessas é salva dos acasos do mar, é para ficar enredada para sempre nos destinos de uma terra bruta. Santas Dores regressava à casinha escoteira todo roído nas fressuras. Trinta e dois anos de sacrifícios e renúncias, de obediências estúpidas, e esforços sem cabimento, a segurar em nada uma crença cada vez mais fugidia. Já não tinha onde buscar lenhas para custodiar a fogueira perdulária da fé.

A esperança — o eufemismo do dia de amanhã, sempre de um amanhã que nunca há de chegar; o sexo — uma guexa desavergonhada a marrar por dentro, mais ainda na vitalidade da terra nova, toda fêmea, nas árvores seivudas, nos cheiros fortes, nas pretas descaradas, nuas, novinhas, lembrando, todas elas, aquelas frutas esquisitas da gleba estranha, boas de morder, tão ao alcance da mão... A boa vontade mesmo, cheia de fendas abertas pelo exemplo de outros padres mais velhos, já inteiramente naufragados, esquecidos das palavras de Deus, impotentes para renunciar até os supérfluos da libido. Tudo, tudo...

O padre se rebelou ao lembrar o exemplo dos mais velhos, evocados aos pedaços: — Como pensar em suavidades celestes infinitas se tudo o que cerca um homem na terra maldita pela conquista é o presente eterno e bárbaro, penetrando pelos cinco sentidos?

O gosto dos frutos exóticos, sobretudo do caju, inflava-lhe misteriosamente as ventas como se fosse a costura das éguas.

Terra maldita! Santas Dores tinha-lhe um ódio de vencido na beira da rendição total. Odiava a terra... odiava os cajus...

Quanta energia desperdiçada em noites de insônia dolorosa, consumindo seu pequeno lastro de amor a Deus desde que não havia como substituir o tremendo dispêndio!

À custa de tanto dar de si àqueles selvagens, padre Estêvão sentia-se já desprevenido de todas as reservas. E, pior! — Teria valido a pena?

Havia honestidade naquela forma de catequese? Tomar a terra, a liberdade e, sobretudo, a ventura com que a ignorância embalava os pobres nativos, a troco de uma crença que ninguém pode saber até que ponto é verdadeira? E se a crença fosse mistificação? Não teria havido deliberação de seus superiores, tornando-o também uma vítima de alguma safadeza?

Afinal, para que se há de repartir com outros que nada têm a ver com determinado Deus as intranqüilidades decorrentes de determinada religião repleta de inibições, uma crença exclusivista, ela mesma transgressora de toda a lei natural?

Sua castidade absoluta não seria uma transgressão das maiores?

Agora que se sentia tão em contato com a Natureza, com as negras nuas, com os cajus, com as confissões, sempre coloridas em pormenores, de Adelaide a terrível mulher do Basto Lampreia — Estêvão sabia que a vida não endossava coisa alguma daquilo que lhe mandaram ensinar por cá.

Ensinar para civilizar — haviam-no recomendado em Castela.

Mas, ensinando, Santas Dores aprendera foi que, à parte dessa civilização tão frouxa como os orós que prendem suas raízes na areia solta das dunas, não se encontravam virtudes nem defeitos; caridades nem perdões.

— Por que esse outro Deus tremendo — a Natureza — havia de poupar, só a ele, um falso puro, do castigo fatal?

À parte da civilização, ninguém é covarde ou herói. Crueza é requinte de homem civilizado. Não há economias de amor senão o vasto desperdício dele, desde os peixes no mar, desde os frutos na terra... Sempre o amanhã será um outro dia, com suas precisões e seus problemas a serem resolvidos de momento. *Paz* é palavra desconhecida. *Sexo*, apenas defesa natural. É uso. É o dia que passa...

Enredado em tão complexos pensamentos, o pobre ermitãomissionário sentia, sem saber dar forma ao pensamento, que necessidade de macho é corpo de fêmea. Isso, para os homens civilizados, para os selvagens, para os tigres, para os escorpiões... Para os escorpiões!

Fáceis mulheres em Pernambuco! E era só largar um paradeiro naquela luta terrivelmente demorada para a conquista da salvação eterna!... Já mesmo nos sacramentos que tanto o embeveciam quando seminarista, sua fé, solapada pelo berreiro da carne, ia perdendo paulatinamente os contornos só fixos numa imaterialidade desoladora. Ele que era todo matéria!

Um dia, quando ainda novo em Pernambuco, alucinado com as mordidas da mocidade, atirou-se ao chão aos uivos. O contato da terra fresca soprou as labaredas que o consumiam como se um ar encanado atiçasse uma fogueira.

Levantou-se depressa, o corpo ardendo exigências.

Santas Dores já queria morrer. Rezava para morrer. Última esperança. Nove anos e a certeza de que a luta não teria fim. Rezava como um afogado que só tem o vento para agarrar suas aflições.

Até as palavras — *agarrar,* por exemplo — evocavam-lhe prazeres proibidos. Prazeres com que seus irmãos europeus tornavam aquela necessidade vital em recreio desonesto.

Santas Dores sabia que se a coisa demorasse não ia haver outro jeito senão engolfar-se no pecado.

Semana passada, ao ungir às pressas a rapariga esfaqueada por um soldado no caminho da Bica, não pôde evitar que o diabo se enfiasse entre os santos óleos: o ferimento aberto, o sangue morno, acordaram-lhe um sentimento impenetrável; o seio a morrer, entornado por fora da casaquilha pobre, deixando ver uma ponta pálida pela anemia, enrugada na fraqueza, obumbrou-lhe a visão.

Pois foi aquela ponta murcha que o não largou mais durante o resto da semana, ora metida nas páginas do breviário, ora ondulando nas auras do agulheiro de Satanás, a cobrar-lhe caras sonegações, num formigamento cheio daquela dormência que não era para dormir.

O padre caminhava apressado para fugir ao vórtice a que o levaria a primeira condescendência consigo mesmo.

Seus passos se misturavam na escuridão da noite com o negrume dos tufos de Maria Rita.

Só então percebeu que sorte de pensamentos o impelia para terreno tão frouxo como as areias soltas das dunas, onde os orós prendem suas pobres raízes...

É que vinha mais desesperado com seus desesperados desejos do que com os perigos prometidos pelo sargento-mor. Estes, pelo menos, viriam pôr termo àquilo que Estêvão tinha pavor até de imaginar — só o que ele trocaria pelo céu, dando, ademais, todos os sofrimentos e galardões de sua vida passada — uma vontade desconforme de ver a menina soltando os cabelos na alcova asseada...

15

Santas Dores regressava pela praia como de costume. Já não chovia mais e o fresco, sem o vento irritante do mar, havia de lhe saber bem.

Justamente ao transpor a Cancela do Mindinho, ouviu o tiro seco disparado pelo estaleiro da Ilha dos Navios:

— Co'os diabos! Dez horas! Co'os diabos...

16

Dois vultos se ergueram das pedras do molhe:

— Sua bênção, nosso padre!

Quem falou foi a rapariga. Era Bárbara.

Padre Estêvão não se surpreendeu:

— Avia-te, menina... O Saavedra está nas despedidas!

Sempre que havia serão no Solar de Marim, Santas Dores, o primeiro a recolher, era quem avisava os dois namorados da hora de desmanchar carinhos.

Queria bem a Bárbara: os perseguidos sempre metiam-lhe enorme pena. Ademais, aquele mameluco tão antipatizado, seu tanto sarará, sua falha de dentes na frente, fresta por onde costumava cuspir longe, de esguicho, nos seus momentos de petulância, entrava-lhe bem. Santas Dores gostava, por igual, de Calabar.

— Ainda por cá, ó Domingos? — estranhou dessa vez. — Fazia-o no mar! O senhor comandante acabou de m'o dizer que vosmecê tinha partido em busca da esquadra...

Calabar levantou-se mais em sua altura total. Largou a mão de Bárbara. Estalou as juntas dos dedos estufando a arcada do peito largo como um javali pronto a investir. A túnica aberta deixava ver os cabelos repulsivamente amarelos sobre a pele escura. A volta de ouro pendente do pescoço forte misturava medalhas de santos com figas, patuás e dentes de bicho. Atrás da orelha esquerda, um ramo verde de arruda prevenia estropícios. O riso saiu num rasgado amigo:

— Ainda não! Vou madrugada — apontou a falua distante, fateixada no lodo do canal, onde dois pretos dormiam despreocupados. — Vou com a maré. Preciso de muita maré e, amanhã, ela vem boa lá para depois do almoço.

O padre quis saber sobre aquela história atrevida de trazer a frota diretamente para Olinda.

— Um barco, pelo menos o que eu trouxer no timão, há de vir... — o mameluco cuspiu de esguicho. — Vou mostrar ao povo, padre Estêvão, que Domingos Calabar mete uma caravela pelo varadouro da Galeota! Ou meto a caravela dentro de Olinda, ou me cambo pr'os quintos!

Bárbara persignou-se em silêncio. Depois, tomou nova bênção ao padre, despediu-se num recolhimento devoto, galgou a ladeirinha e escondeu seu corpo enxuto nas sombras noturnas.

Se Pedro Saavedra soubesse...

Santas Dores pediu muita prudência ao rapaz. Recomendou que, durante a travessia do passo, não deixasse de invocar constantemente o nome do Senhor e de Maria Santíssima, Senhora dos Navegantes. Despediu-se também e retomou seus caminhos, já agora todo apreensões com a aventura prometida pelo mameluco que não temia perigos e com os porvires tão incertos, ameaçados pelos holandeses...

17

Parecia uma rosa de ouro...

A Estrela-d'Alva agachou-se no céu, repolhuda, numa estupidez de tamanho.

Parecia uma rosa de ouro!

Santas Dores ainda não se decidira a dormir. Pela rótula entreaberta do seu casinhoto no caminho do porto, olhava o mar escuro.

Uma luz piscava muito longe, entre a gosma da noite, na angústia do óleo de peixe malqueimado.

A luz seria no convento dos Franciscanos, na Ilha dos Navios.

Algum resto de vigília ou já alvorada temporã a desmanchar labirintos, a pedir pelos homens, a pedir por ele próprio.

Agradeceu ao fradezinho ocupado tão longe e tão fora de horas, só em rezar pelos outros, pelos que não sabiam vencer tentações, sempre enredados no aceiro da vida.

Padre Estêvão ficou velando a luz até se doer da posição.

Debruçou-se no peitoril para ouvir melhor o latido das maretas no areião grosso.

Tempo passou.

Calabar já teria saído, mar alto, em busca dos veleiros. Estaria bem longe...

Calabar era um animal! Um bicho sem remorsos, sem pensamentos que o entravassem nas decisões...

Padre Estêvão invejou a despreocupação de Calabar. Depois, invejou santamente o frade da vigília distante.

Teve vontade de fazer uma oração, arrependido dos pensamentos da véspera. Dos sacrilégios contra Deus. Das dúvidas...

Positivamente, não podia haver mistificação na fé! Seus superiores seriam homens honestos e devotados a Nosso Senhor

Jesus Cristo, à Santa Madre Igreja. Homens quase perfeitos! Deus, seu Deus grande, seu Deus enorme, era absolutamente real. Infinito em sua misericórdia.

A alma, a salvação eterna, tudo palpável. Até material! No silêncio transparente da noite, pensou: bastava a contemplação de uma estrela para convencer da existência de Deus.

As necessidades da carne seriam apenas deturpações da fantasia. O amor — fora do amor a Deus — uma mesquinharia, uma perversidade do coração. Fraco coração que se deixava enlear numa cabeleira negra...

Santas Dores sorriu com uma pena imensa de seu pobre coração tão imperfeito, tão semelhante às noites exaustivas de ronda, embuçando tudo o que é cor e forma.

Quando menos se espera, surge uma claridade vinda lá de muito em cima, dando realce às coisas mais inesperadas e se desfazem mistérios e terrores. No incompreendido do amor existem mil medos diferentes... Noites de ronda... Exaustivas... Noites solitárias...

De repente, os pensamentos se lhe aquietaram como água de lagoa em manhã de estio.

O padre achou bom ficar assim, sem se preocupar mais com coisa alguma, a mente lavada como depois de um aguaceiro.

Aos poucos, começou a distinguir os limites das coisas.

A luz no convento, sempre acesa, esmaecia devagar. Quando o padre viu, foi o risco da aurora pras bandas de Itamaracá.

Prata debruou as folhas do sapotizeiro em frente e as bordas das catraias surtas, balançando ajoujadas nas ondas mansas.

A manhã encostou de mansinho. — Uma beleza!

Novamente, Estêvão teve vontade de fazer sua oração. A luz do convento apagou-se de todo. Naquela cela isolada, um velho bom estaria absolutamente certo da existência de Deus.

Seria um homem sem dúvidas. Um homem feliz. Um homem liberto de mil sexos!

Estaria tão convencido da verdade encerrada em seu Deus em sua civilização como o próprio Papa que mandava pregar essa verdade no Oriente remoto, berço de outros deuses e de outras civilizações muitas vezes milenárias.

— Senhor! Dai-me a fé daquele monge... Se vos aprouver, aumenteis minha carga. Hei de levá-la inteira junto a vossos sacrossantos pés, pela vossa vontade onipotente. Eu sou o mais humilde dos servos de Cristo Rei mas, convosco no coração, jamais esmorecerei, jamais deixarei de lutar, jamais...

Dentro, só se ouvia, vindo da cafua dos fundos, o ressonar da Penha, a velha ama de a um grande bocado.

O padre virou-se para o canto bem confiado em que o Senhor, grato pela sinceridade da prece, não estaria muito propenso a lhe aumentar a carga da vida.

Logo, dormiu a sono solto.

18

Estrela-d'Alva, esmaecida de todo, não parecia mais uma rosa de ouro.

O arrastar das horas muda o aspecto até das estrelas.

Torna todos os ângulos instáveis. Isso, para os homens, para os tigres, para os escorpiões... Para os escorpiões!

19

No quarto, vindo de uma frincha do tardoz, assomou um scorpião.

Trazia uma ninhada no dorso leonado. Parou. Ferrão curvo para cima. Pinças em aspas.

Deu uma carreira até nova racha, mais abaixo, bem na cabeceira do catre.

Um dos filhotes desequilibrou-se.

Resvalou.

Tentou se apoiar no vertical da parede.

Ligeiro, o escorpião velho transpassou-lhe o corpo com o gancho traseiro.

Depois, devorou a cria e se meteu pela fenda adentro, com os outros filhotes no dorso leonado.

Fora, a Cruz do Sul já não brilhava mais...

20

Calabar no timão, a *Santa Efigênia* vinha toda enfeitada de flâmulas.

Enquanto o *Conimbricense* e o *Santa Comba* — os dois bergantins do comboio — seguiram por fora da linha de escolhos, em marcha faceira, velas tufas, demandando o porto do Recife, ancoradouro muito mais à feição para veleiros cansados do mar, o mameluco desabusado orçou firme sua caravela até junto da restinga perigosa.

Mandou caçar os panos menores, deixando içado somente o grande, do traquete.

Tripulação esperta, facilitava manobra de precisão.

Quando o barco ficou ao correr dos abrolhos, admirado da praia no seu talho moderno, Calabar passou o leme ao piloto e veio ao adarve para avaliar distâncias.

O varadouro da Galeota estava, no olho, a sessenta braças e o renque de pedras mostrava suas ameijoas que a maré já queria cobrir, a menos de doze, da quilha.

Satisfeito, o mameluco cuspiu longe pela falha de dentes e gritou para que aliviassem depressa meia vela, do lado de terra.

Pano muito molhado para aproveitar todo o seguimento, caiu murcho. E foi bom porque, drapeando, sempre havia de empatar o seu pouco.

Calabar correu de volta ao leme. Se quisesse, poderia ter contornado Itamaracá e entrado pelo canal de Igaraçu. Mas, não! Havia de ser por ali mesmo.

No fio da enchente, colado à restinga terrível, venceu num átimo mais quarenta braças.

O corte de quilha espanava marolas por sobre o paredão de fora.

Espuma se metia por entre os desvãos do molhe natural numa lavação de raiva.

Calabar já estava ouvindo o fervilhado do boqueirão. Vento era o que se queria: ligeiramente fresco, bem do Norte.

Ágil e decidido, guinou tudo para barlavento, cambando as bujarronas.

A *Santa Efigênia* rabeou bonito, fervendo mais espuma.

A proa baixou bem uma vara para se levantar, imponente como um rochedo, já no passo da barreta.

A marujada, mesmo a mais experimentada nas labutas de bordo por toda a roda dos mares, olhava cheia de espanto a audácia do mulato.

Calabar sorria sereno, queixo espetado no ar para um raio de visão mais rasgado.

Logo que sentiu a proa no rego, ordenou que retesassem a espia do traquete e o pano enfunou de novo em barriga inteira.

Rápido, meteu o leme na normal. A ré estava safa também!

— Bicha boa de governo! — gritou num transporte, já libertado do porta-voz. — Meninos! Aliviem tudo. Preparar a ancoragem!

— Que o demo me leve a mim mais a um olho, se isto é de se repetir! — na guarita, o piloto encheu duas canecas de aguardente.

— E quantas vezes quiser, mestre piloto!

Quando um homem destaboca pra muita obra e larga-se na semeadura de espantos, existe sempre, segurando-lhe a bravura, o recorte de uma mulher.

Calabar saía fora desse rojão: gostava de Bárbara; catava Bárbara até nas estrelas; mas a mulata era coisa à parte em suas proezas. O talento do mameluco era diferente como os temporais nos grotões. Era assim porque tinha nascido assim. A razão, nem ele mesmo sabia. Olhou pro piloto e repetiu arreliando:

— E quantas vezes quiser...

O cuspe saiu de esguicho, cheio de petulância, antes de emborcar de um golpe a bagaceira bem decantada.

21

Dentro da angra de mau resguardo, ouviu-se a queda do ferro.

Bigode de espuma foi baixando e a nau, cabrestada, retesou a corrente.

Depois, volteou com a maré e ficou de popa para a terra.

Logo que se cruzaram vozes ansiosas, a nova de mau agouro se espalhou: traziam o corpo do moço-de-guia.

Galdino morreu durante aquela noite, com seu pé gangrenado, suas idéias presas no lar distante, no remoto dos outros lados.

22

Catraias e botes pequenos se movimentaram fagueiros.

Foi a abordagem faminta. Todos queriam subir ao barco. Era um bocado da Pátria a dar à costa...

Matias de Albuquerque subiu imediatamente, com as prerrogativas de chefe. Queria as novidades depressa.

A espineta de Maria do Amparo (os navios trouxeram muitas coisas)... a nova de que a rainha estava outra vez de barriga, mas sem festas porque o povo não acreditava mais que parideira tão desacertada desse varão ao trono... E, entre as mais recentes ocorrências de Portugal e Castela, chegou a pior notícia: a frota holandesa vinha semeando velas, bojudas de homens, atestada de fogos. Frota de veleiros pesados, de muitas cobertas e portalós bem guarnecidos, construídos em estaleiros modernos, tiros de longo alcance, estariam a meio caminho, no último estirão do mar...

23

— O meu arroz!...

Além de tudo, ia outra séria preocupação consumindo o comandante Albuquerque: — o seu arroz!

Num descanso de conversa, dados os últimos acabamentos para o enterro de Galdino Mariz do Espírito Santo, dom Matias não se conteve e aproveitou para indagar a um apontador de cargas:

— E o meu arroz? Veio o meu arroz?

— Trazemos algum no *Santa Comba*, meu senhor. Mas — ressalvou receoso — será para uns padres. Parece-me. É o que dizem os papéis.

— Todo? — sobressaltou-se Matias — Todo? E o meu? Não mandaram o meu? — já indignado, quis saber. — Hás de me dizer por quê?

— Com o perdão de meu amo, é que o reino deve andar também falto do dito. É que faz muito não chegam barcos das Índias.

Matias de Albuquerque não se conformava em passar sem o seu arroz. O pouco que trouxera consigo perdera-se pelo bolor que o descuido de bordo fez crescer. Isso, após um mar grosso que alagou porões. Pela primeira embarcação que zarpou de volta, constatado o desastre, pediu com urgência nova remessa.

Era precisamente essa que esperava agora.

De volta, à praia, desembarcou do escaler remoendo raivas.

Em terra, estava o Mourão Basto Lampreia mais a mulher.

Matias segurou-se ao braço prestativo do alcaide:

— Veja-me para quem vem aí um arroz. Se for para os jesuítas, peça-lhes um bocado que é lá para casa. Se não, é meter-lhe confisco em todo! Cristão por cristão, como-lo eu!

Com sofreguidão, apertou o ombro cheio de Adelaide!

— Agora, toca a recolher que se vão fazendo horas. Amanhã, apareçam para o almoço. Venham às nove. Conversaremos por miúdo com esses gajos a saber notícias de lá...

Adelaide, com um gritinho, deu-lhe com o leque na mão e o oficial de justiça afogou na subserviência a gula que o bruno mourisco da mulher despertava por aí além...

24

O comandante da *Capitania* cumpria deveres. Um pouco desengonçado nas suas ordens, mas cumpria!

A caminho do solar, sol castigando forte, cansado daquela estopada, Matias deu com Saavedra já montado em seu bonito tordilho francês:

— Ó Pedro! Anda cá! Dá-me tu um pulo ao porto a ver as outras naus. Eu é que lá não posso ir com estes suores e estes calções. O veludo assa-me nas virilhas! Olha lá, diz que há escorbuto no *Conimbricense*. Melhor levares logo o João Sampaio para o que for...

Saavedra ouvia, morto por encontrar uma brecha. Queria gravar sua desaprovação pelo espetáculo magnífico de há pouco. Mas Matias de Albuquerque prosseguiu indiferente:

— Outra coisa: mandei o tonto do Lampreia a ver um arroz. Vê lá tu também. Enfim, vê tudo!

— Não tenha vossa mercê cuidados. Mas... isto há de ficar assim?

— Isto, quê?

— Então vossa mercê acha bem o Calabar, só pra se divertir, arriscar um barco del-Rei a trepar às pedras... a soçobrar?

— Ora, homem! Perdeu-se alguma fazenda? Tu não sabes que a coisa foi de meu mando? Poupei-me a uma viagem ao porto, isso sim! — Albuquerque entusiasmou-se com a façanha de Calabar. Passou o braço pelo pescoço da montada de Saavedra — Grande manobra! Tu viste? Tu viste, homem? Encheu-me os olhos! Tu não diriges melhor este tordilho! O Calabar tem um grande pulso. Lá, isto tem! É um filho das unhas. Aquilo é safo! Não as faz para que caiam... Se topasse uma loja, seria a mesma beleza. Havia de dar em melhor comerciante do que tu!

Saavedra doeu-se da aspereza. Com azedume, atirou-lhe também sua perfídia:

— Por que vossa mercê não o mete no comando geral? Agora... com os holandeses...

— Sabe-se lá!

O comandante riu sem se agastar com o atrevimento do outro. Bem-humorado com sua raiva impotente, despachou-o:

— Saúde!

— Que vossa mercê perceba onde pisa...

Saavedra tocou-se para o porto, a cumprir mandos, a ruminar ódios...

25

Dia seguinte, já nos moles do solar, servido o almocinho da terra, no centro da mesa a travessa de arroz com miúdos de frango — que o arroz, felizmente, viera consignado aos jesuítas e as cestas chegaram enxutas — o navegador Cosme de Souza Veras confidenciou ao comandante geral:

— Castela está providenciando duzentas naus e um exército de socorro. Há de demorar. Na Espanha, não há pressas para o Brasil. Filipe mal se acode a si, às colônias, às futricas com a França. Mal se acode a si, quanto mais para tratar de negócios portugueses!...

— Hão de chegar a tempo. As naus hão de chegar a tempo. Até lá, nós usaremos a prata da casa... — Matias não era covarde. Confiava na sorte. — Se demorarem, nós esperaremos... Dois... três meses de guerra ainda podemos agüentar.

— Não sei! Se chegar alguma coisa, digamos, a décima parte do prometido... A península anda em apuros...

— Algum nome que se conheça? Chega alguém de fama? — perguntou o general, interessado na esquadra, indiferente às aperturas da península.

— Dom Oquendo. Capitão Juan Castelo... Por acaso os conhece vossa senhoria?

— O capitão de Marinha, sim!

— Virão mais tropas pagas. Itálicos e franceses. Talvez ingleses. Tropa irregular. Canalhada aventureira a fazer pela vida... Sim! A Coroa contratou, dizem que a um bom preço, um conde napolitano por nome San Felice. Baguolo ou Banolo, sei lá! Dizem ser um velhote sujeito a achaques e a saias... a bom copo... mas homem de guerra. Um cabo de sangue, afeito a entreveros... Não sei!

Os dois tomaram um gole de xerez e, antes de tornarem à situação na Europa, Matias de Albuquerque, elogiando o cordial da própria adega, exclamou uma torpeza. Depois:

— Digam o que quiserem... da Espanha, tudo é bom! À Espanha acontece o que acontece ao boi: aproveita-se-lhe tudo! — estalou a língua, mudou de posição na silha larga para dar melhor compostura à gravidade do assunto e prosseguiu:

— Com que então virão ingleses também? Fiem-se nos ingleses! Aquela coroa ainda vai nos dar trabalho nos mares!... Olá se vai! Vão às do cabo... Anote o navegador o que lhe digo!

— Não creio... com a carta do Papa...

Matias baniu os ingleses com um gesto. Baniu a carta do Papa:

— E essa Companhia das Índias? — perguntou a Veras.

— Holandesa. É a Holanda! Dom Matias sabe que há os tratados... É mister respeitar os tratados! Não vai uma nação, por conta própria e com sua própria bandeira, atirar-se ao saque pelas colônias alheias...

26

No quintal do solar, quase ao pé do cruzeiro dos fundos, debaixo da copa exagerada de uma esplêndida mangueira, Adelaide, com os ombros rechonchudos no decote aberto, a cor tostada que despertava gula, conversava com um aprendiz de navegação ainda imberbe, ainda vermelhinho dos ares puros da terra, sabe-se lá sobre o quê...

27

Quando padre Estêvão se retirou, na Cancela do Mindinho, teve de avisar a Bárbara da hora de correr a casa. A moça soltou-se de Calabar e barafustou pelo bequinho, numa carreira de gazela assustada.

O rapaz seguiu com o padre.

Pelo caminho, foram conversando sobre a proximidade da invasão, as possibilidades de defesa, o descaso do comandante Matias em não querer guarnecer Afogados para as refregas secundárias, conforme tanto vinha insistindo o mameluco desabusado.

— Dom Matias o aprecia muito, sabe? — disse o padre ao se despedir.

— Como às botas que o servem... Se dá-me soldo de furriel, é porque sabe que tenho mais valor do que um capitão. Pelo menos desses que o acompanham... Sevandijas... todos!

28

Desde então, não obstante a displicência do chefe maior tão criticada por Calabar, em Olinda e mesmo no Recife, sufocou-se um pouco a festa constante de luzes, noites adentro, na despreocupação de um povo que só queria divertimentos.

Canceladas as retretas e as passeatas, diminuiu o desperdício de óleo para as poucas lâmpadas públicas.

Mesmo assim, os jesuítas, para comemorar a chegada de dois novos missionários, anunciaram para o domingo seguinte que levariam no palco do colégio o *Auto de Santa Úrsula e das Onze Mil Virgens, na Vila da Vitória*.

A peça de Anchieta era muito festejada ao longo do extenso litoral. Mas como a gente da rua não escondia seus medos a enfurnar alfaias e dobrões, as salas só não ficaram com os lugares guardados para El-Rei porque a marujada os encheu com o tédio trazido de tantos e tantos dias no mar.

29

Chegado o domingo da representação prometida, a reunião teve início com abundantes copázios de orchata e infusão do jenipapo, refrigerados pelos sais e amoníacos da espagíria conventual.

Nas cadeiras de honra, o superior da casa distribuía atenções com Matias de Albuquerque e seus visitantes de mais elevadas patentes. Famílias espalhavam-se em lugares reservados.

Ao fundo, entre a soldadesca, Calabar se mantinha em pé, longe de Bárbara. Volta e meia, estralejava as juntas dos dedos num ruído seco.

A peça começou numa ladeira de sarrafos e barricas.

A rampa do cenário ia ter ao canto duma ermida, pintada aos berros, onde Maria Rita, cabelos soltos por fim, fazia de Santa Úrsula.

A menina fingia orar em grande piedade.

30

Santas Dores, trêmulo, coração aos coices dentro dos ouvidos, devorava os cabelos negros da menina, transportado em suas angústias às regiões mais obscuras. Ocorreu-lhe que a moça fatalmente havia de casar, um dia. Soltaria aqueles cabelos em outra cena bem mais íntima. Numa vertigem, recapitulou os rapazes que freqüentavam o Solar de Marim mais a miúdo. Talvez o casamento estivesse bem mais próximo. Talvez fosse ele o indicado para a celebração. Ele, tão da casa...

No palco, rabecas francesas, guitarras e violetas cresciam, que os jesuítas faziam música.

Santas Dores pedia que Maria Rita casasse na Europa. Que ele morresse, antes, duma febre má... que ela morresse virgem. Não!...

Os batavos vinham aí! Haviam de arrebatá-la... Não tentava já lutar contra a rebelião — o terrível desejo de ver destruído o inacessível. Começou a gozar a morte da moça em pormenores. Fantasiava os mais incríveis lances. Depois, a hediondez das carnes mortas... o esqueleto... A cabeça seria pequenina, calva... Dentes soltos... amarelados pela terra...

31

Camisolão de estamenha encarnada, cornos eretos, rabo grosso, de palha torcida em réstia, o diabo apareceu por trás da ermida representado por um aluno dos maiores.

Como requinte, trazia uns socos arredondados, bipartidos na frente, a fingirem pés de bode.

Santas Dores encheu-se de inveja daquele diabo.

Assim tão perto, talvez um fio daquele cabelo pudesse esvoaçar-lhe na boca. Talvez até a umidade do hálito...

Apenas terminou a fala marcada na pauta, o diabo dirigiu-se à santa transida e pequenina. Súbito, ouviu-se um grande disparo de arcabuz. A fumaça foi medonha!

Então, descido por cordas dentre nuvens de sacos enfarinhados, rompeu o padre João Manoel de Mendonça Moura.

Duas asas enormes, engomadas a polvilho, faziam-no um anjo de roupeta. A coroa de flores de papel, presa às espáduas por arames, trazia louros como a dos guerreiros romanos.

A parte era de muita responsabilidade e não podia ser confiada a pessoa menos hábil.

Aos arrancos, o anjo chegou por fim ao solo para interpelar violentamente o pobre Diabo já todo encolhido pelo susto do estouro, a temer mais agora ante tão feroz emissário da vasta justiça dos céus.

A voz picante, carregada do sotaque áspero d'além-mar, atirou-lhe dum fôlego:

> — *Ó, p'çonhento dregão*
> *E pai de toda a m'ntira,*
> *Que precuras p'rrdição*
> *Co mui furiosa ira*
> *Contra a humana giração!*
> *Mas nesta póbuação*
> *Não tains mando naım puder...*

Nisso, Albuquerque, tomando a povoação do Auto de Anchieta por Olinda, debruçou-se para a orelha do navegador Cosme de Souza Veras e largou uma obscenidade.

Era o sangue do "Torto", o pai devasso, a aprovar a vigilância do anjo em defesa da cidade ameaçada!

32

Na sala, todos tossiam sufocados pelo fumo espesso.

Terminada a representação, os padres insistiram na orchata, mas Domingos d'Abreu Baracha, um rico dono de engenho lá para a aldeia dos Dois Irmãos, alegando a distância e a hora, subiu para seu pesado carretão de bois com a mulher mais a penca de filhos, agregados, empregados e escravos.

Aproveitando a viagem, levava um amarrado de caranguejos comprados antes da festa.

Matias de Albuquerque saiu também entre o sargento-mor e o tenente França.

Quando Bárbara e as meninas do Saavedra — Maria Rita já desfeita dos atavios celestes — montaram em seus cavalos, Calabar correu a erguer a namorada. Agarrou-a pela cintura fina e colocou-a sobre a sela como se a mulata fosse uma criança.

Depois, indiferente ao olhar duro de Pedro Saavedra, afastou-se sem saudar ninguém.

Santas Dores decidiu-se a pernoitar no colégio.

Afiançou que, a ele, bastaria uma cadeira de braços para o sono curto.

Logo, liteiras e cadeirinhas desertaram do pátio lajeado, tomando os rumos indicados pelos candeeiros.

No alagado entre o porto e a vila, às margens do istmo, grandes guaiamuns muito azuis fervilhavam, gozando a tranqüilidade da noite, por entre as raízes pernaltas do mangue extenso, imersas no lodo, a fugirem da água salobra, doidas em busca de água doce...

Só das bandas do mar, os fogos das naus recém-chegadas teimavam encompridando dentro dos arrecifes réstias trêmulas por sobre as maretas sem fim...

33

Rosa Cambaio vivia pelas portas.

Quando não era pelas chácaras de dentro, era pelo comércio da praia.

Diziam que Rosa tinha sido escrava na quinta de Antônio Gonçalves Machado. Menina, o português descarado se atolou na coitada. Depois, Rosa derivou para tanta da moléstia que findou por não pagar nem o seu prato de comida.

Morrendo-lhe o dono duma enrilhação de sopapo, os passados não azaram muita caridade e Sinhá Maria Clara, mulher do falecido, pinchou com ela pela soleira afora.

Foi assim que a pobre ganhou uma alforria de trem largado de parte.

Desd'esse dia, Rosa Cambaio vivia pelas portas. Quando não era pelas chácaras de dentro, era pelo comércio da praia.

Saco de mulambo, a perna inchada como se fosse só uma coxa até o chão, pé escamado grosso, sem os dedos que o ainhum levou, tudo de embolo num pano sem vermelho nem verde, a velha assombrava crianças.

Mãe de menino arreliado, lá se sabia: vinha logo com aquela conversa enjoada de dar o filho pra Rosa comer.

Não havia travesso que não se aquietasse.

Povo graúdo se afastava com nojo.

Rosa Cambaio se importava não: ficava rindo de estampa, na labuta de caçar gasto pra tempo comprido.

No riso, aparecia aquele bando de dentes iguais, ariados de dar gosto, sempre com um chumaço de folhas.

Como os dentes eram a única peça de asseio, pareciam bagos de graviola no sujo da noite.

Quando o sol quentava o batente onde Rosa dormia, ela se mudava para o degrauzinho de pedra seca da loja do mestre João Sampaio. Isso se dava na vereda do meio-dia.

Ela e o galo.

Rosa Cambaio era dona de um galo empestiado que vivia por cima dela. Os dois não se largavam. Comiam as noites onde calhava.

Foi no tempo em que a varíola se lavou naquelas veigas, tanto de alargar cemitério de escravo — porque, gente mesmo, tinha luxo de se enterrar nas igrejas — que Rosa, dessorando suas bexigonas, se apegou àquele galo.

O enjeitado foi a derradeira dieta que escapou em derredor.

Na madrugada de sexta-feira, dia 15 de fevereiro de 1630, o bicho deu de bater seus tocos sarnentos. Quis saudar o dia como se estivesse gordo de penas num terreiro pisado de galinha. Mas só o que se viu foi um rasgado de coisa finada, sem prestativo.

Velha Rosa abriu o olho devagarinho dentro de sua inchação como caracol saindo da casca. Botou o galo no colo do jeito de mãe acarinhando filho pimpão e ficou espiando no corrido das águas como se estivesse vendo a multidão das eras caminhando para a última aurora da terra.

Um ventinho agreste balançou-lhe os cabelos de ingá maduro e foi desperdiçando gostosura pela praia deserta.

Madrugada que veio não foi a última do mundo, mas foi o começo do desespero que o povo holandês deu de procurar nos aonde tudo estava tão sossegado...

34

Frei Bernardino estava regando suas mudas de romã.

O convento dos franciscanos ficava na Ilha dos Navios, abraçada pelo Capibaribe, logo na saída para o mar.

Casa de pedra, pátio interno em arcos pesados; no quintal murado grosso, canteiros já antigos em volta das duas cacimbas, a nora, os baldes. Água ressumbrando mansinho...

Na ilha, em outros tempos, o "Torto" tinha mandado fazer um estaleiro.

Carapinas não se metiam com os quatro monges mais do que para agradecer a água que o convento dava a quem pedisse.

No Recife, água de beber era só aquela. Senão, a que vinha de Olinda no cordão de jegues.

Frei Bernardino estava pensando em Francisco de Assis, entretido com o prateado dos fios que saíam pelo ralo do regador. Meditava: o santo tinha uma pena grande das pessoas muito ocupadas com suas próprias tarefas, sem tempo de apreciarem as obras alheias.

Então, lembrou-se que, no levantar cedinho, fizera ruído, interrompendo o descanso dos companheiros. Ficou vermelho pelo pecado cometido e pediu muito a São Francisco que, por sua vez, pedisse à Virgem querida para interceder pelo perdão a Nosso Senhor. Isso, enquanto não se confessasse, antes da missa, logo que o Superior se pusesse de pé.

Frei Bernardino só tinha coragem de falar com São Francisco porque São Francisco afinal era São Francisco...

Ainda estava envergonhado de ser um homem tão mau quando ergueu os olhos e viu o começo do desespero que o povo holandês deu de procurar nos aonde tudo estava tão sossegado — as velas que Rosa Cambaio tinha visto, de pioneira, lá da praia de Olinda.

Largou a rega e voltou a fazer barulho chamando pelos religiosos.

Foi uma alegria de menino embebido na vadiação.

Os outros três velhinhos acudiram no espanto de quem estava escutando sino de incêndio.

Quando frei Nicolau deu com os horizontes bordados de pano, ajoelhou-se no lajedo:

— Que Deus Nosso Senhor, na sua infinita misericórdia, se compadeça de nós!

A oração fez brecha na humildade de frei Bernardino:

— Nosso pai — falou ao Superior, olhos no chão — se vossa bondade me permitisse, eu só queria perguntar por que não damos, antes, graças a Deus por Ele ter concedido que aqueles barcos tenham chegado ao porto depois de tão perigosa jornada...

Frei Nicolau pôs-se de pé:

— Hom'essa, frei Bernardino! Sabe que naus são aquelas? Não sabe?

— Serão navegantes... nossos irmãos...

— São holandesas, senhor! São invasores! Criminosos invasores! São inimigos de Deus. Vêm matar... Vêm à razia... Sei mais...

Frei Bernardino, alegria apagada, foi se debruçar no muro baixo que dava para a praia, olho muito redondo, acariciando a barba longa, cheio de pena dos holandeses.

Com certeza aquela gente não seria assim tão malvada. Frei Bernardino sabia que tinha havido uma invasão na Bahia... mas, isso, fora em outro tempo. Agora, não podia ser invasão.

Não era possível que os holandeses, depois de tantos trabalhos e perigos no mar, não arribassem para render graças pela boa viagem, num Te Deum *transbordante de contrição.*

Não! Mesmo que fossem ateus, haviam de se converter apenas deparassem com a ermida de São Telmo, tão bonita, que já tinha feito tantos milagres aos pescadores e homens do mar.

— *Ave Maria, cheia de graça...* — *Na oração, podia falar com Maria Santíssima. Não tinha outro jeito...*

Estava era seriamente empenhado na salvação de tantas almas, todas boas por certo, mas afastadas de Deus porque talvez nunca tivessem ouvido falar em São Francisco de Assis...

35

Sol topou, bordejando muito lá fora, com a esquadra holandesa.

Panos abertos, bandeiras azuis se multiplicando bem alto enquanto, só nos mastaréus meio guardados, uma ou outra flâmula com as cores do reinado daquela bíblia excomungada sacudiam prepotência nos ventos novos.

36

O povo ainda dormia na sua tranqüilidade.

Se já havia algum burburinho de dia novo, era pelas chácaras, pelos moinhos do interior.

Cedo daquele jeito, na praia não andava nem escravo.

Mesmo no forte de São Jorge ou no do Picão, não houve quem desse pela coisa.

Calabar é que viu tudo por acaso.

Tinha pernoitado em Olinda, preocupado com Bárbara. Horas antes, tiveram uma conversa comprida. Pelo que ouvira, o rojão da vida dos dois ia ruim. É que, na véspera, quando chegou no Mindinho para o recreio da ternura, já encontrou a moça dentro de um choro velho:

— Agora, Calabar, agora vai nascer mesmo!

O mulato estava esperando amanhecer de todo para falar com Pedro Saavedra.

O plano era ir ter com o comerciante na loja.

Estava doido para terminar aquela obrigação. Não que temesse afronta, mas custava-lhe falar com um tipo de gente tão ordinária como Pedro Saavedra.

Bárbara ainda lembrou que seria melhor contarem tudo ao padre Estêvão, quando na passagem do aviso. Aconteceu que o padre passou, avisou e foi-se embora sem que ninguém tocasse no assunto.

A menina, depois que Santas Dores sumiu no caminho, subiu para casa; Calabar ficou por ali mesmo, pensando um bando de coisas.

A hora avançou demais, chegou a madrugada e Calabar preso no Mindinho!

No momento em que levantou a cabeça para avaliar o tempo, foi que deu com a frota invasora dentro do olho.

Então, não teve mais dúvida: subiu também pela ladeirinha que ia ter no beco, contornou a residência de Pedro Saavedra e, no portão dos fundos, deu de emitir uma série de atitos muito agudos. Cinco ao todo como era da senha.

Sem esperar, repetiu a chamada até que Bárbara surgiu dentro de uma bata larga por sobre o camisolão de dormir.

Vinha descalça e trazia os olhos molhados das lágrimas da noite.

No espanto da surpresa, só escutou ordem decidida:

— Filha, vamos falar com o Saavedra! Os holandeses estão chegando e não vai haver mais tempo, depois!

Bárbara ficou quieta sem entender nada daquilo; de falar com o padrinho àquela hora; de holandeses chegando...

Calabar empurrou-a pela entrada do quintal, atravessou o pomar e só quando chegou na cozinha é que pediu à namorada a direção da alcova do Saavedra.

O velho, com a falação, saltou da cama como se tivesse sido espetado pelo garfo do diabo.

Apareceu na porta de carapuça e mandrião. Calabar trazia Bárbara pela mão:

— Senhor Pedro Saavedra: esta moça vai ser mãe de filho meu! Não tenho tempo para conversa porque os holandeses vêm chegando. Vossa senhoria fica responsável pelo que acontecer à Bárbara mais ao menino. É só o que precisava de lhe avisar.

Calabar beijou a mulher. Curvou-se de sua enorme altura para beijar-lhe na barriga também, indiferente ao escândalo do velho. E saiu sem se voltar.

37

O mameluco já ia a caminho de São Jorge para reunir os volantes de seu comando e Pedro Saavedra ainda estava sarazanzando pela casa de carapuça e mandrião:

— Os holandeses... ai, meu Senhor! Os holandeses.

38

Bárbara correu a se agasalhar na camarinha de Maria Rita.

— Bárbara! Que coragem, menina!...

Maria Rita tinha sonhado a noite inteira que, de tanto defender o namoro dos dois contra o abuso do pai, terminou por se agarrar ao peito escuro do mameluco, vergastada pela mãe e pela irmã.

E era de hoje que vivia sonhando safadezas? No começo, ainda acordava, vergonha comendo solto, tanto de tirar o apetite. Foi indo, acostumou.

Agora, até já gostava. Mesmo depois de acordada, prosseguia imaginando coisas malucas por baixo das cobertas quentes, gosto de sono cozinhando na boca, comichão de oferecimento subindo macio nos cheios do corpo.

Naquele dia porém, com a gritaria, cegou o sonho fácil, aliviada pelo costume.

Abraçou-se com Bárbara na cama.

Certeza era que, dali por diante, mesmo sem guerra, a mulata havia de comer o pão do diabo.

39

A manhã rompeu de todo num escarcéu, embora, depois, na quebrada do dia, aquele vento fininho engrossasse nas ondas, prateando nuvens riscadas de coriscos, num aviso de temporal brabo que por fim caiu boca da noite, já em pleno combate.

As naus foram se aproximando pra lá e pra cá. Pareciam um bando de albatrozes em vôo lerdo.

Mais de trinta velas grandes, afora galeões e patachos auxiliares, vinham sob o comando naval do almirante Lonck.

Foi o começo do desespero que o povo holandês deu de procurar nos aonde tudo estava tão sossegado...

40

No Recife, a nova subiu pelo rio dos Afogados num repiquete de festa.

Afogados era como se chamava o Capibaribe no tempo em que o moinho de Francisco Barbosa era o mais retirado.

Em Olinda, porta de João Sampaio não tinha mais cabimento de tanta gente agoniada. Rosa Cambaio que não gostava de barulho teve foi de mudar de pouso.

João Sampaio, conforme a tabuleta dizia, aplicava bichas e canudos, rasgava antrazes, tirava dente doído, capava rês e era prático em muitas outras habilidades e serventias.

Curava mazelas e dava conselhos.

O letreiro pintado num fundo de caixa de vinho era luxo, porque não havia quem não soubesse que mestre João fazia de um tudo.

Vaidade mesmo era sua poção contra vento mau: criança de sarampo, em suas mãos, não cegava nunca nem morria de água nos bofes.

Pois foi na porta de João Sampaio que o povo deu de juntar para ver a esquadra holandesa.

41

A dobadoura de amealhar os últimos ouros e roupas e tarecos que foi pela casa de Pedro Saavedra multiplicou-se pelas residências em redor como se cada boca tivesse mil bocas.

Necessário fugir. Resguardar as moças, os bens, a vida.

O comerciante dava suas ordens. Depois, imprecava. Depois, recriminava sua imprevidência de deixar tudo para o fim. Depois, vituperava a afilhada — uma porca —, voltava à sala de comer, ajeitava o barrete de funil e recomeçava tudo outra vez.

— Desavergonhada!

Num rompante, invadiu a alcova da filha onde Bárbara se agasalhava da tormenta.

— Ponha-te lá fora! Cadela! Ao fresco! Ponha-te ao fresco! Os bárbaros hão de fazer-te! É o que mereces... Tivesse meu nome, não ficarias para contar a história...

Súbito, tomando a filha como conivente no crime da outra, berrou:

— E tu? E tu? Larga-te dessa perdida! Causas-me asco! Queres, por acaso, tu também chafurdar no monturo?

A mulher e Amparo — a filha mais velha — resguardavam-se como numa epidemia.

Temendo que o pecado pegasse pelo ar, fugiam da devassa, persignando-se a cada instante.

Finalmente, tudo pronto, a família largou-se em retirada.

Outros carros e liteiras já atulhavam os caminhos dos sítios de dentro.

De longe, Bárbara atirou um beijo à Maria Rita. Caminhou até o Mindinho e, de cima do barranco, perdeu-se olhando para as velas que se aproximavam.

Cada corveta que era uma beleza!

Quem pensava em Calabar era Maria Rita.

42

No solar de Marim, Matias de Albuquerque agigantou-se. Cresceu magnífico em coragem e determinação.

Logo que o tenente França chegou, esbaforido com a notícia, os dois bateram-se para o pátio do colégio.

Vestido às pressas em seu guritão encarnado, botas de madeira que sempre preveniam os pés contra a umidade, óculo em canudo metido num olho, o comandante-geral tomava suas medidas rapidamente.

Já entre os jesuítas, começou por mandar recado para que o meirinho esbarrasse duro qualquer fuga para o interior. Povo nenhum desertasse! As famílias ficassem onde estavam, com seus bens e suas moças!

Dali, correu ao porto em seu cavalo de trote inglês.

No forte de São Francisco, deu com o tenente Pedro Barbosa pronto para a luta. Satisfeito com a precisão de seu subordinado, tocou-se para o São Jorge.

Foi logo ajudando os soldados a montarem a derradeira peça. Isso, sem tirar o óculo de cima dos barcos.

Como a esquadra manobrasse aberta, tornou a Olinda dum fôlego.

Já na subida do outeiro de onde pretendia apreciar o começo da entestada, encontrou Calabar.

O mulato vinha assoprado pela invasão. Hora dura havia de encontrá-lo em forma com seus volantes:

— Senhor, note vossa mercê que o inimigo, em sentindo resistência no porto, tentará desembarcar na Barra do Tapado. De onde estão, a barra se oferece francamente. Necessário que o tenente França avance com reforço de urgência e sustância. Se dom Matias permitir, vou eu na frente.

Albuquerque não parecia estar ouvindo. Quando viu que os holandeses baixaram um escaler, desandou de novo a toda brida para o porto. Tenente França mal podia acompanhá-lo.

Já de longe, o comandante gritou que Calabar tirasse a idéia da Barra do Tapado e fosse guarnir São Jorge.

Calabar chamou seus companheiros e enveredou para o Norte, rumo à barra.

Matias de Albuquerque foi chegando no forte de São Francisco e o escaler dando volta pelo picão, bandeira branca sacudindo ironia.

— Largue fogo, Pedro Barbosa!

Antes de desmontar, viu bala zunindo que o tenente não era de demoras.

O barquinho fez volta ganhando distâncias.

De bordo de seus veleiros, os invasores responderam com muito tiro, em represália. Foi o princípio. Onze e tanto. Volta de meio-dia.

Forte de São Jorge não esperou resultado: entrou firme no fogo!

Os holandeses, fiados na enorme força que traziam, valeram-se das primeiras descargas para tentarem uma penetração maciça.

Protegendo-se, recrudesceram o ataque às duas fortalezas.

Sempre debaixo de bala, juntaram-se na busca do poço de ancoragem.

Se até então muito fogo foi perdido, não só pela lonjura como pela inconstância dos alvos que os caprichos do mar defendiam das miras certeiras, a situação piorou com a ronda do tempo.

Vento refrescou em cima de um veleiro vaidoso e o resultado foi que o barco deu de trepar nas pedras.

Sem esfriar no canhoneio da réplica, os inimigos empenharam-se a fundo em safar seu bonito navio.

Albuquerque ordenou que o tenente França buscasse mais reforço em Olinda, inclusive a gente de Calabar que não aparecia.

Quando os lanchões invasores de socorro puseram o navio acidentado flutuando de novo, a grande oportunidade tinha passado; já não havia como fazer calar os dois fortes terríveis.

Albuquerque, vigiando no óculo, percebeu que a esquadra tomava inesperadamente pelo Norte, fugindo ao combate.

Debaixo do temporal que caiu por fim, os holandeses passaram ao largo de Olinda.

43

Da enseada de Pau Amarelo, só os homens de Calabar tinham dado fé de mais aquele bando de mastros secos, escondidos na imensidão do mar.

O coronel Waerdenburch, comandante daquela ala, esperava pacientemente que Lonck, o almirante da frota, penetrasse no porto ou que fosse necessário pôr em prática a segunda parte do plano traçado na véspera, caso fracassasse a primeira investida como fracassou mesmo.

Calabar viu, depois, a esquadra de Lonck vir chegando.

Não teve mais dúvida quanto ao acerto de sua observação. Percebeu, no acaso, todo o plano holandês.

As velas de Waerdenburch começaram a se enfunar, indiferentes ao vento e ao mar grosso.

Juntaram-se as duas esquadras e Pau Amarelo foi invadido cerca das cinco horas da tarde.

Ganhando terra, os batavos foram surpreendidos pela saraivada murcha que os recebeu. Calabar, entrincheirado nos socalcos da margem, tomara a iniciativa de hostilizá-los, sem se importar com desigualdades numéricas.

O bravo sempre conseguiu atrasar a manobra dos inimigos até que chegassem mais aliados, sob o comando do sargento-mor Corrêa da Gama.

Em Olinda, os jesuítas convenceram Matias a correr, também ele, para o Tapado. Embora sem vistas para a barra invadida, suspeitavam do acontecido pelas certezas de Calabar.

Tão cheio de bom senso estava o furriel atrevido quando os preveniu, que um dos padres, o que representara de anjo na festa do colégio, tinha se largado com ele num transporte de garra.

O que os jesuítas ignoravam era que o padre João Manoel de Mendonça Moura tinha se atirado aos invasores com fome de piranha em lagoa seca. Sem o talento brigador do mameluco, lá estava estirado na areia, papo estourado, dando por finda sua coragem insensata.

Matias de Albuquerque ouviu o conselho dos padres. Ademais, não tinha se enganado com aquela fuga desconchavada da frota bonita, como grande parte do povo que já queria festejar vitória.

De precaução, mandou afundar na barra do Recife as catraias de Paulo Lourenço, oito ou dez por junto, para fechar o porto. Sempre era uma garantia, desde que São Francisco do Mar, o antigo forte do Picão, estava derruído de uma vez e não havia mais notícias do valente Barbosa.

44

Noite fechou de todo debaixo de temporal com um vento feio assobiando fininho.

Matias de Albuquerque, ligeiro, montou em um cavalo novo e correu para o Tapado, instigando pelo caminho as escoltas encontradas avulsas.

Chegou em Pau Amarelo para ver que tinha chegado tarde. O próprio Calabar estava com uma das espáduas arrombadas de bala, mas como a pregada que levou trouxesse mais prejuízo de carne e sangue do que de osso, ele mesmo tinha arranjado jeito de amarrar o ferimento e prosseguir na zoada.

45

No ancoradouro natural da barra, dezesseis navios balançavam suas cobertas, indiferentes ao mar.

O coronel Waerdenburch estava em terra com seus três mil homens e sua artilharia desembarcada também debaixo do fogo de Calabar.

— Meu comandante, não adianta fazer mais nada por agora.

O comandante-geral estranhou a segurança das palavras de Calabar:

— Guarde suas liberdades, furriel.

— Não há liberdades, dom Matias. Fiz o que me pareceu. Por isso, dom Matias encontra-me aqui. Tivesse vossa mercê me ouvido esta manhã, talvez o invasor ainda não estivesse em terra.

— Isto é um despropósito! Um atrevimento! Simplesmente, um atrevimento!

— É a guerra, dom Matias. Em minhas palavras, não vai atrevimento maior que a defesa da terra. Tenho dezenove homens de resto, com os voluntários que recrutei em Olinda. Estamos às ordens de vossa mercê.

Matias de Albuquerque considerou a afirmativa:

— Apresentem-se ao tenente França.

— Primeiro, ordene vossa mercê a recuada de sua tropa até o rio Doce. Aqui, nada mais há o que fazer desde que os holandeses não arredarão pé de suas posições pelo menos até clarear o dia. Não são homens de aventura senão de segurança. Prepare-se dom Matias que amanhã terá trabalhos duros no rio Doce. Eu vou com meus volantes pelas dunas para anular o desembarque das lanchas que ainda há pouco se apresentavam para comboiarem a força de terra no rumo de Olinda. Vossa mercê manda ainda alguns mosqueteiros hostilizarem os holandeses; será boa tática para se ganhar algum tempo. Depois, vossa mercê, em pessoa, fará o que lhe aprouver como nosso comandante-geral.

Calabar cuspiu pela falha de dentes.

Matias de Albuquerque apeou-se, ficou olhando para aquele mulato de quase duas varas de altura, o mais petulante de quantos havia conhecido:

— Estás ferido?

— Não! Coisa pouca... O comandante permite que me retire com os meus para a praia?

Matias demorou na resposta:

— Não. Deixa as lanchas. Mais duzentos ou trezentos inimigos não farão muita diferença para quem já os tem em tamanho número. Quero que fiques para combater comigo! Preparemos a emboscada no rio Doce... Mandarei tenente França hostilizar esses biltres com alguns mosqueteiros...

Calabar cuspiu outra vez pela falha de dentes.

46

Às seis horas da manhã, a coluna da infantaria holandesa, já à vista, começou em seus preparativos para vadear a torrente do rio Doce.

Trezentos tiros simultâneos a surpreendeu. Calabar havia improvisado uma belíssima barricada durante a noite toda.

Embora a perda de sangue da ferida o obrigasse a constantes e largos goles de água, não aliviou um minuto a labuta do corte do barranco.

Madrugada, a trincheira estava pronta e Calabar desesperado pela demora do inimigo. Não queria que o descanso forçado da espera amolecesse sua gente. Mas os holandeses foram pontuais.

A recepção descontrolou a força da invasão, obrigando os soldados de Waerdenburch a se refugiarem nos matos próximos.

Nova carga é disparada mas, desta vez, respondida de surpresa, com bravura e impetuosidade.

Durante uma hora as águas do rio correram debaixo de bala.

Montadas, afinal, as bocas de fogo pesadas na margem contrária, Calabar alvitrou a retirada antes dos primeiros estragos de sangue.

— Resta-nos, comandante, organizar a defesa do porto. Aproveitamos o tempo porque eles não conseguirão passar o rio, com suas cargas, antes de um ou dois dias de esforços. Os canhões são pesados e a areia do fundo não facilita bom trânsito... Além disso, teremos, a mais, três ou quatro dias que os holandeses ainda perderão a preparar o ataque à vila...

— E, em Olinda... teremos outra sorte? — O chefe-geral duvidou doridamente. — Todavia, Olinda há de ser o meu túmulo!

— Não fosse uma vila, teríamos certamente! Mas tão cedo ou nunca nossa vila será o túmulo de vossa mercê.

— E minha honra, Calabar? Esquece vosmecê que a honra de Portugal é a minha honra?

— Para que diabo serve honra a um morto?

Matias de Albuquerque ficou sem saber se o morto referido por seu furriel desembestado seria ele próprio, a tombar em defesa de Olinda, ou se já era Portugal, sob o triste domínio de Castela...

Calabar prosseguiu:

— Talvez percamos o Recife também. Será só! Desde que a queda de nosso litoral resulte grande em prejuízos para eles e pequena em sangue para nós, afianço a vossa mercê que a Holanda há de se arrepender da empreitada! Dom Matias deve ter por assentado que, a nós, mais falta farão homens que vilas. Mormente homens como vossa mercê...

47

Só dia seguinte a travessia dos holandeses foi consumada.

Não que eles fossem mais hostilizados, mas o trabalho não fora menos penoso do que previa Calabar.

Na vila, os retirantes ainda entulhavam caminhos com seus agregados e pecúlios, indiferentes à resistência do meirinho.

48

Onze horas da manhã.

Matias de Albuquerque está reunido com seus comandados superiores no colégio dos jesuítas: o tenente França, o capitão Salvador de Azevedo e Antônio de Lima, capitão também.

Após hora e meia de conferência, o comandante-geral manda entrar seu furriel.

— Alferes Domingos Calabar, estamos de acordo em abandonar Olinda à sua sorte. Aproveitaremos estes dias para prepararmos a resistência no porto. Já mandei providenciar a simulação de um grande movimento para atrasar o inimigo na iniciativa do ataque.

Sem hiatos, Matias de Albuquerque se levantou cheio de solenidade como numa grande cerimônia. Apanhou de sobre a mesa um papel com iluminuras que acabara de assinar, ainda com a areia da secagem, e exclamou:

— Senhor Domingos Calabar, assuma seu posto de alferes das forças armadas de Castela. Eis a patente!

Calabar enrolou o diploma sem ler:

— Senhores, o melhor é retirarmos já toda a nossa reserva para o istmo. Se Olinda deve ser sacrificada, que tentemos salvar o Recife. Lamento desiludi-los quanto ao êxito dessa nova empreitada. Conheço os holandeses da Bahia. Conseguirmos resistir quarenta dias no porto, será o caminho para a vitória final. Tenhamos coragem já que não devemos ter esperanças. Esta vila, um dia, voltará a ser nossa. Pelo menos, o chão desta vila... Se me permitem, vou providenciar quanto à retirada das armas e do povo que quiser compartilhar de nossos destinos. Quanto à parte da população que desejar permanecer aqui, desde que não resista, nada terá a temer. Os holandeses serão benignos. Anseiam por bens e não por vidas.

49

Uma semana depois, Olinda imergiu no maior baticum de sua história.

Enquanto a população do Recife, acrescida de quase duas mil almas, sem abrigo próprio, organizava-se para uma defesa desesperada, os batavos, depois de perderem seis dias em preparos para um ataque arrasador, penetraram numa vila indefesa.

Radiantes, embriagaram-se torpemente com o vinho ensejado pela conquista fácil, que tudo fazia crer definitiva.

Dia seguinte, o talento administrativo da Companhia Holandesa começou a agir pondo as coisas em ordem nova.

Improvisou-se, de imediato, um Governo Militar e uma Polícia Civil; procurou-se restabelecer normas para o funcionamento do comércio, aproveitando-se os moradores e nativos remanescentes, e tomaram-se todas as demais providências para a normalização da vida na vila, inclusive, é claro, estabelecendo-se foros, dízimos e vintenas.

Tudo, sob forte disciplina armada e administrativa.

50

A loja de mestre João Sampaio foi a primeira a se abrir ao invasor.

— Moço, minha profissão é essa mesmo. Há vinte e oito anos — disse ele ao oficial-investigador, por intermédio de seu *Língua*, um holandezinho fino que havia aprendido português na Bahia — nunca perguntei de que nação é o povo que me procura.

Vosmecês aí têm uma bíblia meio doida, eu já ouvi dizer, mas a mim, que me importa se vosmecês gostam de pão com queijo ou com bosta de urubu? Se me procurarem para que eu lhes sirva, muito que bem, eu ganho pra isso, porém se vierem pra me matar, finquem logo a faca no meu bucho e, depois, vão pedir a Belzebu que lhes acuda nos seus incômodos...

Naquele dia, mestre João Sampaio aparou cabelo amarelo que foi um horror. Arrancou dente estragado, aplicou bichas e purgas que os meninos chegaram bem precisados disso, curou escaras de briga e, sobretudo, ganhou muita consideração dos novos donos da terra.

51

Rosa Cambaio não foi inquirida. Também não mudou de pouso embora a loja de Pedro Saavedra permanecesse fechada. Só disse para seu galo empestiado:

— Filho, se a vida até aqui não prestou com Deus Nosso Senhor, pode até ser que preste com o Capeta!...

Os dentes ficaram brilhando no asseio.

52

Adelaide é que se arreliou pela obrigação de ter de seguir o marido por via da função dele. Sentiu perder boa vasa de se divertir com tanto bichinho louro de olho azul... E tanto bichinho, só contando os graduados porque, se fosse para meter tudo em coleção, não ia haver tempo nem para contar...

Sentiu tanto perder a vasa que, na hora de fugir, perguntou:

— E... lá no mato? A gente vai fazer o quê, Lampreia?

Sem esperar que o alcaide lhe dissesse o que iam os dois fazer no mato, mandou um escravo recolher seus trens já metidos na carreta:

— Melhor tu ires só com teu cargo, sabe? Isso não será por muito tempo. Eu fico a ver em que param as coisas. Afinal, são homens da Europa... não são selvagens!...

Quando o alcaide sumiu sua conformação na volta da praia, perninhas roliças enroladas por sobre os baús, aos solavancos da carreta, já ia consolado na companhia de seus ouros, defendida a pelezinha e a compostura que, afinal, os anos já pediam um bocado de sossego para o corpo.

Sozinha, Adelaide abaixou-se, limpou um nada na ponta da botina e entrou:

— E eu que nunca vi um holandês em minha vida!

53

Nativos, estrangeiros e o comércio praieiro dos judeus, desde que autorizados a ficar por Matias de Albuquerque, pouco se importaram com o novo estado de coisas. Locupletaram-se dessa passividade para merecerem a gratidão fácil dos invasores.

Waerdenburch e Lonck também se aproveitaram da mansidão do povo que ficou, para expedirem um bando especial aos fujões, garantindo-lhes a devolução de suas lojas e fazendas...

54

No Recife, tudo ia em pé de guerra. Fevereiro findou sem que houvesse um tiro inimigo a perturbar os preparativos.

Matias de Albuquerque, à proporção que fortificava seu reduto, não descuidava de vigiar a vila. Sempre orientado pelo seu novo alferes, mandava organizar emboscadas inclementes pelos montes que cercavam Olinda.

Esses ataques importunos serviam não só para afligir os holandeses, como para retardar a investida que havia de vir tenaz, sem alternativas.

De certo modo, os de Castela conseguiam seu intento por causa de ser a vila perdida tão facilmente expugnável.

Waerdenburch é que se danava com aquelas investidas: desde que se apossara de Olinda, detestava aquele sítio tão contundente a seus olhos de homem de planície. Não se ajeitava naquela terra e temia muito uma luta em campo de tal modo acidentado.

No salão do colégio dos jesuítas onde, provisoriamente, achara de instalar seu quartel, assentou providências imediatas para tomar o porto. No Recife, havia de edificar uma bela cidade. Seria a capital definitiva da Companhia das Índias na América. Recife o encantara quando vista do mar.

Apressou-se e mandou seu primeiro relatório a seus chefes de Amsterdão. Tomado o porto, o melhor seria transportar de Olinda tudo o que fosse possível e aproveitável e atear fogo no resto... Terminou por afiançar que a queda de Recife seria questão de dias...

55

Questão de dias... No dia 13 de março, Recife capitulava!

A conquista fora terrivelmente cruenta. A coragem de Matias de Albuquerque, o heroísmo inacreditável de seus comandados, os planos diabólicos de Domingos Calabar que já havia preparado o Arraial de Bom Jesus para a retirada, tudo isso produziu cerca de oitocentas baixas nas hostes invasoras.

Desta vez, Waerdenburch encontrou uma praça derruída, sem prestativo, nua de todos os trens de serventia.

Mesmo assim, como gesto de apreço, ordenou que os funerais dos vencidos tivessem lugar com todas as honras militares.

O general, homem elegante embora habituado às lides mais brutais, estava encantado com tamanho destemor e dignidade de guerreiros tão valorosos. Como exemplo e incentivo aos seus, fez citar a coisa, em pormenores, na ordem-do-dia da vitória.

56

Perdido o porto, o comando-geral dos defensores da Costa recolheu-se ao Arraial do Bom Jesus, reduto já barricado por Calabar nas entre-horas de suas labutas.

Dom Matias aproveitou-se da mudança para largar no mato Zefa do Jordão, uma nativinha cheirosa que vivia de gomar roupa, estragada por descaramento numa noite de mais sossego de bala.

57

O arraial ficava para o interior, no alto de um outeiro, à margem esquerda do Capibaribe, situação maneira de onde se irradiavam todos os caminhos para o sertão.

Era até bonito o lugar.

Na descida para a várzea, uns pés de ouricuri faziam uma demarcação pitoresca das terras de Antônio de Abreu.

A casa do velho mateiro era a única da redondeza. Tinha sua aguada farta, pasto limpo e grandes encostas banhadas de sol o dia todo.

Eleito o sítio para a nova sede do governo de dom Matias, dezenas de galpões surgiram num instante, como cogumelos depois de uma noite de chuva.

Depois que chegaram, vindos do Recife, os víveres, os canhões e a munição de peso, Calabar mandou abrir um fosso circular envolvendo o outeiro. Levantou paliçadas, terraplanou plataformas rodeadas de parapeitos para vigia distante, construiu baluartes reforçados, tudo só nos intervalos de guerra contra Olinda.

A obra foi mais uma faceta do talento geral de Calabar: em poucos dias, planejou e organizou uma praça de guerra!

58

Quando tudo se aquietou de ambos os lados (Matias de Albuquerque já instalado em seu novo sítio), Waerdenburch começou a organizar a praça recém-conquistada nos moldes do que havia sido feito em Olinda.

O chefe das forças invasoras guardava com o maior cuidado entre seus documentos uma nota onde lhe deram o nome do único inimigo que havia de impedir o estabelecimento da Companhia no Brasil: Domingos Calabar. O papel explicava: soldado, marinheiro, guia seguro, destemido, forte, inteligente, conhecedor de chão e de armas mas, sobretudo, invencível dali por diante, quando os campos de batalha tivessem de ser localizados nos labirintos traiçoeiros do agreste sem fim.

59

No dia de santo Honorato, padre Estêvão levantou-se seriamente preocupado com a abstinência do calendário.

Recomendou dieta à velha ama.

Depois, satisfeito com a tolerância religiosa daqueles bíblias que agora, em Pernambuco, eram os donos de tudo, foi dizer sua missa para a igreja do Corpo Santo, em intenção, precisamente, aos invasores.

Os holandeses, afinal, eram como o diabo — pensava o padre — nunca tão feios, na realidade, como nas pinturas que deles se fazia...

60

No altarzinho pobre, a missa já ia na altura do Evangelho, quando o celebrante deu de pensar em Maria Rita e a indagação veio na surpresa: por onde andaria a menina, perdida nos agrestes desde a fuga do pai?

Decerto, estaria em alguma benfeitoria retirada, entre homens... No mato, entre homens! Maria Rita, em contato com a terra quente, com mil facilidades para o amor...

A tentação apanhou Santas Dores desprevenido. Baniu o pensamento com força e se engolfou na leitura do texto sagrado.

Não adiantou! Embaralhou os versículos numa saudade súbita.

Recomeçou e perdeu-se de novo.

Parou: — Senhor! Por Vossa Mãe Santíssíma, afastai de mim essa trama de Satanás! — pediu aflito.

O resultado foi que se viu confessando a menina como nos tempos idos. Pormenores começaram a tomar contorno.

Com tremendo esforço, apagou da mente os pormenores. Procurou apagar também as palavras que, então, ouvira ("... padre, não sei por que, às vezes me acontece..."). O hálito morno varava o pequeno espaço entre os dois... O cheiro dela...

Mas, procurando esquecer, Santas Dores fazia era se lembrar mais.

— Não! — gemeu em lugar de pronunciar as palavras do ritual. — Na confissão, um padre é Deus ainda que seja um canalha! Não sei de nada! Não me lembro de nada! — o livro permanecia aberto sobre o altar. — Senhor! Tende piedade de mim!

Recomeçou a leitura pela quarta vez. Em vão! Dentre as letras, Maria Rita saía agora para a mesa da comunhão.

Primeiro, ajoelhou-se pequenina, tal qual fazia há dois anos passados.

Os olhos úmidos pela contrição, a murça de veludo (branco como Deus quer as almas) enfeitando o moreno muito pálido da pele nova; lábios apenas entreabertos para colherem o pão divino...

Santas Dores cerrou os olhos como se a coisa fosse ao vivo, quando, ao sacramentar a hóstia, ao oferecê-la à Rita na ponta dos dedos com medo de tocar-lhe a boca com a mão, sentir-lhe a tepidez e a saliva... quando, ao passar apressado à beata seguinte em completa cegueira para não ver... não ver aquele rosto bonito, a língua frágil estendida na fome do êxtase, os dentes certos... não adivinhar... não adivinhar a forma dos braços, dos ombros, do resto...

— Senhor! Por que não me ouvis? Eu não posso mais, Senhor... Não agüento mais...

Um estilete fino penetrava-lhe no âmago do ser em arrepios de dor. Em sua fé fortificada pela luta, Santas Dores sentia em si todos os cravos de Cristo, as setas de São Sebastião e as espadas da Senhora das Dores...

Recomeçou com o Evangelho e terminou molhado de suor.

Ao chegar à elevação do cálice, a tempestade tinha serenado.

Na sacristia, ainda paramentado, o padre não resistiu: afogando os olhos nas mãos, chorou perdidamente mas, reconfortado pela vitória, inundado de repentina alegria, exclamou na vaidade dos que vencem: Se eu não tivesse um coração tão forte, também não amaria assim...

De volta à casinha do istmo, já livre da presença material do Senhor, deixou que a lembrança de Maria Rita o arrebatasse livremente até que Antares do Escorpião começou a piscar no céu.

61

Meio ano já de domínio herege e a coisa havia incruado no Recife.

A aderência do povo de Olinda e do porto à causa da Companhia das Índias era animadora. Reforços e necessidades chegavam da Europa com bastante regularidade. Adriaan Pater, vindo por último, era um excelente marinheiro. Nada disso azava queixas da nova administração, mas o que ia pelo interior metia desânimo!

Não se avançava nem mais um passo na terra nova. Por outro lado, as emboscadas sempre chefiadas por indivíduos tremendos como o velho nativo Filipe Camarão ou o negro Henrique Dias, vinham ceifar vidas até dentro da ilha, junto à porta do convento dos franciscanos, onde Waerdenburch montara seu quartel-general.

O pior não era bem aquele arraial fantasma — inexpugnável, atual ninho da nata dos defensores de Castela, nem as estradinhas que apontavam, cheias de manha, para as esperanças de abastecimento fácil. Holandês que se afoitasse por qualquer vereda, ia conversar com Nosso Senhor sobre a aventura!

O pior mesmo era ter de explicar, nos relatórios insistentemente pedidos pela sede, isso mais aquilo.

A última correspondência chegada de Amsterdão, depois de um longo período gordo de recriminações pelo marasmo no avanço, falava de uma possível ordem futura para o regresso geral. Falava abertamente na hipótese de se abandonar a empresa que, bem ou mal, sempre rendia bons dinheiros a seus executores.

O açúcar e os dobrões portugueses mandados para a Holanda não satisfaziam a ganância dos chefes supremos.

Ainda por cima de tanto aborrecimento para o general, a Companhia não se cansava de fazer desembarcar no porto manadas de afilhados em busca de sinecuras à parte de guerra.

Na esquadra vinda com Adriaan Pater, arribou um menino, Bernardo Wandieker, só atrás de cargo de muita paga.

Apresentou-se atrevidote.

O general mandou-o conferenciar com Lonck, enjoado de atender tanto caso de descaramento.

Lonck deu o desespero:

— Ora mais essa!...

— Mau é que o homem traz carta do palácio — informou o tenente-ajudante.

Por isso, o principete foi recebido e o emprego assegurado: redator de anuários!

Quando o candidato aceitou proposta e remuneração, Lonck mandou citar os plantadores de redor para tributos extras. Era preciso pagar ao afilhado do governo!

Acontece que, meia hora depois, feita a previsão do que se poderia arrecadar, constatou-se que a importância não bastava nem para cobrir uma quinzena do ordenado exigido.

— Tribute mais, em dois réis, cada caixa de açúcar!

— Não é possível, almirante Lonck! Já o açúcar paga demais!

— Tribute... tribute sempre... a título de fiscalização...

Nova previsão ainda assim acusou insuficiência.

— Dobre as taxas de comércio de aguardente!... Dos comerciantes pequenos! Dos que vendem até cinco pipas. Os destiladores, não! Guarde-os para outras emergências! Mas antes, avise no colégio... aos jesuítas. Diga-lhes que é necessário. Há precisão de pagar contas... Peça-lhes que ajudem... que amaciem os que terão de entrar com o ouro...

Quando o almirante despediu o novo amanuense, desabafou:

— O emprego está arranjado. A paga, pelo visto, também. Agora, vá se pôr nas mulatas que é disso que vens atrás... Apenas, por um favor, não te metas nos negócios da Administração. É um favor. Deixa o general em paz!

— E os relatórios? Como devo preparar esses relatórios? Começo já?

— Começa! Começa, sim, e acaba também! Quando estiverem prontos... bem prontinhos, entendeu? Entrega-os à pata que te pôs...

62

Casos parelhos, repetidos volta e meia, não abalavam a disciplina com que era tratada a tropa invasora. Disciplina violenta sem relaxamentos.

Tropa não era administração e os crimes dos soldados, mesmo dos mosqueteiros da guarda ou da cavalaria ligeira, eram punidos exemplarmente. Até com a morte. Isso, em caso de saque pesado, abuso de moça que não fosse escrava ou barulho de sangue provocado por bebedeira.

Lonck presidia um Tribunal Militar sumário que tanto julgava infante como os que gozavam algum privilégio de boca e de quartel. Julgamento oral: pão, pão; queijo, queijo! A coisa, a *grosso modo*, terminava no cutelo.

Era preciso que fosse assim mesmo para manter um bocado de ordem entre tanto aventureiro sem pátria que era o que mais havia, do lado dos neerlandeses, também.

Com esse rojão de dureza, não raro, culpado de crime feio abandonava no mato a blusa azul da Companhia e passava-se para a força de Matias de Albuquerque com a desfaçatez de cativo fugido ou de quem muda de emprego por ter furtado ao patrão.

Calabar é que não se conformava com o comportamento dos biltres traidores. Começava por não lhes dar estribo no arraial. Recebia-os, ouvia suas mentiras, mandava-os para um engenho afastado e, quando tinha um lote deles que desse para formar um pelotão, expunha-os sem piedade às escopetas inimigas em algum combate improvisado, sem nenhuma idéia de vitória.

Henrique Dias é que era bom para comandar essa gente. Calçava-os bem por detrás para evitar que arrepiassem caminho e explicava aos amigos:

— Essa corja já nos fez o favor de desertar de lá. Agora, qualquer benefício que se ganhe com eles, é sempre lucro! Depois, não dão trabalho nem para os enterrar...

Os holandeses, por seu lado, faziam outro tanto com os que viajavam em sentido contrário; metia-lhes a blusa azul, mas arregimentava-os todos no trapiche velho que ficava no Caminho do Pau, logo na saída da vila para Igaraçu.

Desses, então, Calabar se arreliava só de ouvir contar! Povo e comércio que aderisse aos holandeses, o alferes perdoava; tinham suas razões e não estavam presos a compromissos de luta, mas militar era diferente.

Um dia, disse:

— Camarão, vamos esbagaçar aqueles cornos do trapiche do Pau?

Da proposta, saiu o plano...

63

Filipe Camarão era um morubixaba comedor de uçá. Com seus quarenta e muitos anos, beirando os cinqüenta, vivia topando quizila pela vida afora.

Contabescido pelo gênio arredio, amargo que nem jurubeba verde, morava sozinho no istmo.

Foi do istmo que viu todo o cerco metido ao porto, a guerra dura e a tomada difícil.

Como dentro do fervilhado ninguém metesse reparo naquele velho agachado na porta de seu mocambo, à retaguarda dos sitiantes, Camarão derrubou na flecha dois deles, escolhidos com demora entre os que traziam no tope o laço preto de oficial.

Tardezinha, tomado o porto, o morubixaba foi dos primeiros civis a entrar no Recife para os festejos.

De azevieiro, trazia sua grampela de bagres murchos como se os andasse a mercar quando a coisa estourou.

Passou a noite bebendo de graça e acenando como idiota para aquele bando de soldados que falava no jeito de quem fala com os gorgomilos.

Tarde nas horas, como tudo estivesse bêbado que nem gambá, largou a faca, como coisa que não quisesse, na entreasa de um vermelhão.

Foi tudo tão no disfarce que não houve auem desse fé do sangue minhocando no chão.

Desd'esse dia, sempre que o fado adejasse em volta, mergulhava um holandês na sarapueira da Noite Grande.

Mas como dentro da rua não usasse armas, continuava mercando bagres em sua grampela, se rindo como um idiota pr'aquele bando de soldados que falava no jeito de quem fala com os gorgomilos.

64

Ajeitado o plano, Calabar e Camarão sumiram do Arraial, boca da noite, com noventa companheiros.

No rio, o alferes separou Juca Alhano com seis trabuqueiros para esperarem-no por detrás do outeiro da vila.

Camarão, já sabendo do que ia fazer, levou o resto do povo para o lado do mar.

No aceiro do mato, junto à cidade em que se transformava o velho porto dos arrecifes, Calabar tirou da patrona um gomo de bambu cheio de cachaça, bebeu um gole, derramou o resto no pescocinho de algodão debruado, apagou firmeza nos passos e entrou na rua.

Vinha com a túnica azul da Companhia tomada a um desertor. Esticado em sua altura de europeu, espalhou, num último toque, os cabelos longos, de um louro esquisito, por sobre o escuro da cara.

Cuspiu pela falha de dentes e foi direto ao comércio, certo que, hora muito nova, não havia de encontrar conhecidos.

Mas encontrou. Encontrou Penha, a ama de Santas Dores.

— Me passei! — explicou logo para evitar indagações.

A ama soltou a língua:

— Claro... Melhor! Muito melhor! Ora, aqui nada falta... Uns pelos outros, no fim de contas... Sabe? Não são infiéis, tanto assim, não! São mais as vozes... Dizem até que a Companhia já os quis de volta pelo pouco que têm obrado... Se não foram é que os jesuítas os querem por cá! Faz-lhes conta! Enfim, o senhor Calabar saberá o que faz...

— E Bárbara? Tens novas do Saavedra? Ainda estão por fora? — Calabar atalhou a enxurrada.

— Então não viu a menina? Está gorda, está! Anda por dias.

— Bárbara está aqui? — o mameluco espantou-se.

— Pois está! Sempre esteve. O Saavedra é que anda por fora... Não voltou! Bárbara não quis ir. Vive pra vila, não sabia?

— Estará com Aninhas? Estará bem... Depois falamos por miúdo. Agora, tenho pressa. Adeus! Então, Bárbara está por dias?

— Um mês e rebenta!

Calabar tomou pelo istmo. Arrependia-se de sua curiosidade atrevida. Não havia precisão de passar pelo Recife para ganhar a vila. Só vontade de assuntar como ia tudo... E ia bem! Recife estava uma beleza!

Os holandeses — havia que reconhecer — sabiam o que faziam. O istmo mesmo estava melhorado no aterro... Se com tanta dificuldade, aqueles homens erguiam uma cidade, o que não fariam em paz, com auxilio até... E a Companhia, descontente, ainda os queria de volta...

Um marinheiro fez-lhe uma pergunta de supetão. Só por isso, Calabar deu com o marinheiro que vinha de lá. Pela entonação, devia ser uma pergunta.

Calabar guinou o corpo como se estivesse pesado de álcool. Roçou-lhe nas ventas o pescocinho embebido de aguardente e largou-lhe uma praga em flamengo.

O homem se foi a devolver-lhe a praga.

Calabar tinha no sangue a astúcia maligna do selvagem, o gosto do perigo do português e a bravura dos dois. Só de aventura, já falava uma porção de palavras flamengas, sobretudo as que não prestavam.

Na vila, deu com Rosa Cambaio. Era o que procurava.

Abaixou-se e falou-lhe por dois minutos. Rosa fez que sim e o mameluco apressou-se a ganhar distância de paz de tão perigosos sítios.

No quente do dia, já entre os seus por trás do outeiro·de Olinda, esperou anoitecer.

Então já sem a blusa azul dos inimigos, ordenou que descessem para o Pau.

Ali, tomando posição ao lado do trapiche virado em regimento dos desertores nativos, ele e os seus visaram as janelas mal iluminadas.

— Fogo!

Logo, dentro, ouviu-se um brado de comando, a revidar o ataque.

Nova saraivada de balas. No armazém o movimento cresceu.

À terceira carga, Calabar pôs-se em retirada. Calculara bem o tempo: os inimigos saíram em campo. Os tiros que o alferes largou em seguida foram só para dar rumo aos atacados e mostrar fraqueza de ataque na fuga simulada.

O estreito do caminho minguou mais de tanto soldado.

Calabar foi trazendo os azulões, no fogo manhoso, até sentir na pele o ar salitrado das proximidades do mar.

Mais trezentas braças de caminho limpo e, adiante, as dunas fechavam sobre um agrestezinho seco, uma vegetação emaranhada, muito seca também pelos ventos de meio-ano.

Calabar trazia no olho o rego que contornava um pé de duna, penetrando na caíva de cerca de oitocentas braças de fundo por trezentas e cinqüenta ou quatrocentas de largo.

Meteu-se pelo rego com seus homens, certo de que os perseguidores, tomados de valentia pela superioridade numérica, determinassem prosseguir na caça para dar fim completo à investida falhada.

Evidente — pensaram os azuis — os nativos fugiam para o mato e, lá, haveriam de encontrar a morte como castigo pela audácia.

Por isso, não tiveram indecisões: penetraram na carreira pela boca estreita onde os do arraial tinham sumido.

Mas Calabar conhecia o sítio. Esgueirou-se com os seus por um dédalo invisível dentro do escuro e veio sair na praia quase junto ao ponto por onde tinha entrado no mato.

Os companheiros de Camarão já tinham formado um cerco regular em volta de toda a zamboada. Os molambos que Rosa Cambaio tinha trazido cheios de alcatrão, repartidos por todos, já estavam em montinhos debaixo de gravetos, na colação do mato seco.

Silenciando no tiro, Calabar deu ordem de petiscar fogo. A ordem foi repetida de um para outro até dar volta completa à caíva.

Com a ordem, o fogo cresceu formando uma roda enorme.

Percebendo a ingenuidade com que tinham caído em logro tão simples, os azuis desesperaram-se no intrincado da galharia ardente. Tarde demais!

Os que conseguiam atinar com alguma trilha velha de bicho eram flechados ou fuzilados pelos homens de Camarão, muito atentos ao cerco.

De guarda no rego, defendido pelo pé de duna, Calabar atirou em quantos se atreveram no arrepio do caminho.

Fogo comia de rico quando tudo silenciou.

Só matinho rasteiro estralejava favila quente na viração noturna, zinindo de manso.

65

— Cambaio, minha comadre — dado o serviço por findo, Calabar agradeceu — vosmecê fez do bonito! De que jeito poderíamos passar tanto do alcatrão por debaixo do nariz daqueles excomungados se não fossem os seus molambos? Agora, pegue esse dinheiro, pague o pez a mestre João Sampaio e guarde a sobra para comprar um cercado de galinha gorda pra seu galo...

66

Tomando caminho de casa com Camarão e sua horda, o mameluco malcriado ria no cálculo de quantos desalmados eles teriam assado, daquela vez, afora algum comandante azul, desses que, de mato mesmo, só conheciam as plantações e roçados de sua terra muito da civilizada.

67

Lúgubre.

Chamavam-na Rosina. Rosina da Foz.

Comprida, curvada sobre o nariz comprido, vivia deslizando seus asseios pobres pela casinha do Ermo Agreste.

Isso, o dia todo.

Não fazia barulho de se ouvir. Se havia causa para o silêncio, para a tristeza, ninguém sabia.

Morava sozinha há muito tempo.

Também não se sabia por quê. Não se sabia desde quando.

Tinha 60 e muitos anos. Sessenta anos antes, Rosina da Foz já teria 60 e muitos anos.

Em noites de temporal, queimava uma ruma de lâmpadas para Santa Bárbara. O ritual era simples: soturnamente, ia acendendo pavios pela casa, responsando versículos dos apóstolos e jaculatórias à Santa das Tempestades.

Daí, talvez, gostasse de Bárbara e de Calabar.

Não obstante, a velha era boa. Um dia, calhou de contar a Bárbara que seu rapaz, quase uma criança, fora morto num moinho de cana.

— Despropósito de vinhos — esclareceu. Nessa ocasião, a velha mudou de cara. Os olhos insignificantes, cor de pêlo de rato, foram tomando tamanho numa expressão mansa e Bárbara per-

cebeu-lhes úmidos. Ou de funda recordação ou de larga felicidade por já ter tido, um dia, também, um seu rapaz.

De qualquer maneira, havia muita resignação em tudo. E como a moça lhe desse desmesurada atenção, Rosina explicou mais que só o que importava, na vida, eram as coisas da vida. O tempo, não! Não importava. Se tudo começa e acaba em justo momento, qualquer fato em si é um todo inteiro, uma peça rígida, tenha ele ocorrido ontem como a vinte ou cinqüenta anos passados.

O saião de xadrez aberto, a bata muito limpa no corpo enxuto, fizeram-na bonita enquanto afirmava essas coisas.

Bárbara refutou docemente:

— É que, nem de tudo, a gente se lembra mais...

— O que se consegue esquecer é porque nunca existiu!

Bárbara perguntou:

— O que se consegue esquecer ou o que se esquece sem querer?

Os olhos da velha minguaram de novo. A voz arranhou aborrecida:

— O que se consegue esquecer é porque foi mentira.

Inútil convencê-la de que os rios profundos, embora as águas esquecidas, sempre serão os mesmos rios profundos...

68

Precisamente na casinha do Ermo Agreste, por detrás da última subida para Olinda, Bárbara procurou agasalho para o desespero de já quase mãe desabrigada.

Ali, nasceu a filha de Calabar. Longe das maldições de Pedro Saavedra, da mulher, da filha mais velha. Longe do escândalo dos que o mameluco andava defendendo lá por fora, contra os invasores de Pernambuco.

Dois meses depois, Calabar ainda não conhecia a filha, preso às mil labutas de guerra.

69

Não só na queda daquela vida misturada de invasores com nativos e inimigos, como também pelo mundo de desertores de um lado e do outro, o povo do arraial sabia tudo o que se passava na vila e no porto.

Pela mesma razão, a gente holandesa tinha conhecimento por miúdo das deliberações de Matias de Albuquerque, das ordens de Castela, dos planos, dos contratempos. Por isso, não foi espanto de esbarrar boiada quando o general Waerdenburch soube da notícia de que a esquadra de dom Oquendo, prometida de socorro havia já oito meses compridos, vinha por fim, feita para a luta.

Adriaan Pater teve sua oportunidade. Até parecia que ele tinha vindo para isso mesmo.

Duas semanas depois, findos os preparativos pesados, o comodoro saiu numa festa de salvas com dezoito naus modernas para a costa Norte, onde devia se dar o desembarque da perigosa força, no caso do aviso ter chegado certinho.

O patrulhamento prevenido para um horror de dias afundou barra afora, nos oceanos sem fim.

Plano era subir para, de volta ao Sul, topar Oquendo, desbaratar sua frota menos maneira, apresar o que fosse possível.

A viagem prolongada para o Norte só tinha um fim: atacar no retorno à feição do vento que, naquela época, era constante de direção e valia mais do que arma superior.

A batalha seria ainda mais fácil porque Oquendo, conforme o que se sabia, vinha mais ajaezado de carga do que de fogo.

70

Também lá fora, no sem fim da Barra Grande, muito acima de Itamaracá, sangrando da aurora derramou um mormaço pegajoso por todo o horizonte de águas gordas, cor de precipício.

Dia chegado gritou nas nuvens secas.

Ondas rolavam largas, comidas pelas quilhas de dom Oquendo, como remorso caduco.

Terra mesmo não se via senão na esperança...

Os vinte galeões guerreiros de Castela, abarrotados de tropa, comboiando outros vinte barcos mercantes, não deram tempo ao comodoro Adriaan Pater passar de subida.

Exatamente no dia abafado de nuvens secas, foi dado o alarma:

— Velas a barlavento!

Além dos barcos maiores, quatro brigues ligeiros, de monitores, acompanhavam os espanhóis.

No galeão de guia, Juan Castelo, o piloto-mor, trazia seu parceiro de damas, o conde de Bagnuolo, general napolitano contratado para a defesa de Pernambuco.

O conde espalhara pelas outras naus, inclusive as mercantes, sua infantaria mista de mercenários estrangeiros.

Homem grosso, de pouca saúde e muita voracidade de dinheiro e álcool, não considerava a vida mais do que uma aventura pouco determinada. Sabia táticas de guerra, entendia de armamentos e, afora o jogo das damas, divertia-se em meter à bulha a carolice de seu novo patrão, Filipe IV.

71

— Velas de barlavento!

Dado o alarma, Oquendo se levantou e examinou os barcos holandeses, um por um. Demorou-se olhando na linha de dentro à disposição dos mastros. Contou:

— Seis... Oito e dois, dez... Treze... Dezoito. Dezoito! Que venham os cães!

Com a exclamação, baixou o óculo.

— Antes, vamos a eles — sugeriu o piloto-mor.

O conde afivelou-se entre seus trabucos:

— Que venham eles a nós ou que vamos nós a eles, o que se quer é que se não nos escapem nem nas almas porcas!

Porta-vozes transmitiram ordens decisivas às naus mais próximas.

As outras foram alertadas por sinais.

Em todas foi grande apresto.

Logo, os galeões de Oquendo tomaram uma posição bonita, formando uma linha convexa, e se puseram em rumo de encontro.

A linha soberba guardou com muita disciplina os bergantins mercantes no côncavo da retaguarda, enquanto os monitores começaram a voltear na labuta dos preparativos.

Oquendo, Castelo e Bagnuolo apreciavam satisfeitos a ligeireza com que a ordem de preparar combate era executada por todos os navios subordinados.

O conde com seu copo de aguardente.

72

Almirante Pater, que já trazia em mira a esquadra de Castela muito antes de ser percebido, estranhou o jeito de ataque tomado de súbito.

Pater sabia que Oquendo era uma figura apagada, de ornamento. Havia de se ter com a malícia de Juan Castelo. Bagnuolo não entendia de mares. Seria, na verdade, uma grande presa de guerra.

O comodoro contrariou-se com a atitude de Castelo. Esperava ter de bombardear e destruir seus navios pela retaguarda, em fuga certa.

Para isso, contava com o alcance de suas bocas de fogo e com velocidade de suas naus leves, bem mais ligeiras, capazes de alcançar a frota visada mesmo contra o vento. Não teve pressa ao tomar deliberações. Havia bastante tempo antes que as esquadras se defrontassem para iniciativas aproveitáveis.

Deu ordem para que seus barcos também tomassem nova formação desde que já não mais haveria a perseguição esperada.

Para o combate — já que Castelo optava pelo combate — o melhor era manter sua frota em posição esconsa, com uma fila indiana enviesada.

Apesar da contrariedade do vento que os forçava a bolinar curto, os navios holandeses avançavam com mais velocidade, bem contrabalançada pelo maior peso dos barcos adversários.

Pater aproveitou para descer à sua câmara e rever os efetivos contra que teria de se haver. Tinha anotadas até as cargas para apresamento!

Trazia notas bem fornecidas pelo serviço de espia da Administração Geral. Constatou que, pelo menos, as unidades da patrulha conferiam com rigor. Só o que não vinha avaliado certo, em seus papéis, era a coragem da gente com que se ia defrontar.

Coragem e conhecimento náutico.

De subida, examinou novamente com seu óculo comprido a soberba linha convexa formada em sua busca por aqueles vinte garbosos veleiros ostentando nos panos as armas de Castela, entremeadas com cruzes de malta, remanescentes de um Portugal morto.

Às onze horas, já sob um sol cáustico, a esquadra em testa num mar muito doce, o comodoro calculou limite para seus tiros de maior alcance: os obuses franceses.

73

No remuo da popa do barco capitano holandês, dois tubarões-martelo de tamanho descomunal começaram a voltear, alternando mergulhos com emersões rápidas, num deslize manso de mau presságio.

Gaivotas do mar esvoaçavam inocência pelos mastros afastados.

74

Os de Castela avançavam impávidos em sua formação máscula. Apenas os barcos mercantes, aliviando os guardins dos traquetes, perdiam mar de propósito.

Monitores, terminada a faina dos preparos, esconderam sua debilidade tomando o lugar dos patachões das cargas. Uns e outros foram se deixando ficar cada vez mais para trás.

75

Pater, com sua larga experiência das coisas do mar, percebeu que, nos galeões de guerra avançados, os de centro da formação começaram a pandear sorrateiramente as velas grandes, diminuindo a forte convexidade primitiva da linha magnífica.

O comodoro sentiu a malícia da manobra inimiga, mas tão incrível se lhe afigurou a única solução encontrada para o problema, que preferiu atribuir o pandeamento a alguma viração passageira, caída de viés.

Bem seguro da distância, Pater mandou içar a bandeira azul com o lírio preto da Companhia e largou sua primeira salva.

Seus dezessete outros barcos, levantando bolina, cerraram fila.

À proporção que avançavam diminuindo mar, salvavam também com seus morteiros e obuses.

Mas a distância, embora limite, não era ideal; mesmo ainda não fazendo uso das pesadas bombardas, os morteiros não alcançaram os alvos.

Apenas um obus de carga mais feliz atingiu, já sem forças, como procelária cansada, o penol da carangueja de uma das naus auxiliares.

76

Então Juan Castelo que se passara, em viagem, para o galeão da ponta esquerda de sua vaidosa formação (isso, a bordo de um dos monitores), levantou a flâmula da senha no mastro de ré.

Antes da segunda salva de Pater, desperdiçada por igual, a nau-chefe de Castelo e suas vizinhas mais próximas que compunham exatamente o meio da linha convexa murcharam seus panos de todo.

Ao mesmo tempo e em manobra contrária, os oito galeões das extremidades tesaram mais as velas em quarto, baldeadas constantemente pelos grumetes, grimpados nos mastaréus e cruzetas.

Invertendo a barriga da linha primitiva, no fresco à feição, os de Castela, ainda virgens de fogo, caíram num movimento envolvente pelos flancos dos holandeses.

Em seguimento, os monitores surgiram fervendo espuma, dois em cada extrema.

Só então Adriaan Pater certificou-se do intento atrevido de Juan Castelo: a abordagem branca!

Doidas pelos tiros, gaivotas fugiram aos gritos. Tubarões engrossaram-se em cardumes, fremindo a ferocidade de suas barbatanas no cinza fundo das águas.

Sol doía nos olhos.

77

Percebida a incrível disposição do inimigo, Pater, em contra-golpe valente, tentou penetrar em cunha no centro da linha de Oquendo que ficara para trás. Assim melhorava posição para fogo já cerrado no visamento de barcos vitais.

Com isso, escapava à abordagem — que lhe seria tão desvantajosa — e inutilizava por completo o ímpeto das oito naus de Castelo.

Sobretudo, ganhava a vantagem do vento que o atraso da viagem arrebatara.

Seus veleiros, dóceis à ordem, afinaram o esconso da formação indiana e investiram com fibra.

Como os galeões da retaguarda de Oquendo eram, por evidência, os de maior peso, a tática se delineava perfeita.

78

Juan Castelo vislumbrou a nova manobra. Por dedução rápida, deu-lhe paga elevada.

Insistindo no silêncio de fogo, ação que, por incompreensível, desesperava a gente de Pater, o piloto-mor aliviou e mandou que suas três naus mais próximas aliviassem também meio pé de barlavento.

Às outras quatro, mais afastadas, saídas por igual da linha para a abordagem frustrada, Castelo mandou ordem inversa: mais tesamento e baldeação nos panos!

Os quatro veleiros de fora, ganhando mais velocidade, meteram-se em corte na linha de Pater, dividindo-lhe irremediavelmente a esquadra.

Juan Castelo aguardou a investida e, fazendo pião com os outros três barcos mais próximos, abriu fogo firme contra a retaguarda holandesa, sem mais contato com a chefia.

Deixando entregues à própria sorte os seus, atacados pela contramanobra dos navios que conseguiram seguir Pater, o piloto-mor só se preocupou em hostilizar os que pusera fora de combate.

Breve, porém, convenceu-se da inutilidade da perseguição. Embora ferindo violentamente as naus perseguidas, perdeu logo distância, já sem a estupenda vantagem dos panos, anulada para ele desde que navegavam todos no mesmo rumo.

Bem verdade que, no começo da luta, ao fio da manobra dos inimigos apressados a inverterem o Norte, Castelo sempre conseguiu afetá-los com algum estrago maior; uma bonita nau soçobrava em meio de tubarões assanhados; outra incendiava-se ao léu, desarvorada, fora do socorro das aliadas em fuga.

Muito cedo, correndo em busca de segurança, os veleiros batavos hostilizados por Juan Castelo puseram-se à capa de novos petardos pela comprida esteira de mar que se dilatava rapidamente.

A fuga definitiva dessas naus restantes foi o que convenceu Castelo da inutilidade da perseguição.

79

A tarde vinha chegando e, com ela, acentuou-se o refresco do Nordeste.

No portaló da varanda de comando, Juan Castelo viu, de um lado, as naus em fuga; do outro, a cruenta cunha de Pater já de volta, a retraspassar a linha de Oquendo.

Com uma decisão requerida aos que sabem comandar pelejas, ordenou aos veleiros de sua formação que retrocedessem depressa, em socorro ao grosso de sua força.

Mesmo tendo de bolinar curto para vencer a distância, Castelo chegou bem, de regresso à luta, e a bom tempo de investir exatamente quando Adriaan Pater, canhoneando forte, atravessava, já pela terceira vez, a linha de Oquendo, reduzida a oito navios armados.

De seu posto, o piloto-mor constatou que seus aliados, apesar da imensa desvantagem de posição, reagiam com ânimo.

Entre os destroços, duas enormes colunas de fumo desciam à deriva consumindo barcos holandeses.

Pater estava reduzido a sete velas, embora muito mais modernas, ligeiras e de incomparável alcance de fogo.

Mas, tanta impetuosidade trazia o piloto-mor em sua gana de socorro que, ultrapassando a nau da retaguarda holandesa sem lhe causar qualquer dano de fogo, projetou-se contra um galeão de sua própria esquadra, aquele que formava ao lado direito do barco de Oquendo.

Com o impacto brutal, casco arrombado de ponta a ponta numa estripação de cavernas, o navio abalroado adernou de imediato e começou a soçobrar.

O ciclone do choque arrebatou o penúltimo e o antepenúltimo barco da cunha de Pater, enquanto o último, que fora ultrapassado pela carreira de Castelo, não mais tendo vão livre, orçou desastradamente pelas proas das combatentes castelanas.

Estas, alheias ao desastre que se desenrolava próximo, aproveitaram-se do alvo inesperado e fácil para destruírem a estouvada.

Simultaneamente, da nau de Oquendo também muito balanceada pelas avarias produzidas pelas ferozes lançadas do comodoro Pater, partiram oitenta mechas alcatroadas contra o encharneiramento em que se encontravam os holandeses envolvidos pelo ciclone provocado pela sofreguidão de Castelo.

O ataque das mechas incendiárias, idealizado por Bagnuolo investido em guerreiro naval, fora, porém, um excesso. É que o piloto-mor, vendo seu navio perdido, já havia providenciado a explosão que, pouco depois, precipitou os três veleiros em chamas, ajoujados, no fundo do mar.

Fugindo ao naufrágio, Castelo alcançou o monitor mais próximo e, dele, subiu ao galeão agora formando à extrema na linha destroçada, indiferente à morte de quatrocentos homens, inclusive seus.

O galeão, embora dos mais lerdos, estava ainda praticamente imaculado da batalha.

Castelo assumiu-lhe o comando.

80

Sob as enormes torres de fumo que cresciam inclinadas pela viração, delfins rolavam, em bandos, brincando nos destroços que coalhavam o mar.

81

Enquanto se passavam aqueles sucessos, dentro da linha rompida, Adriaan Pater dirigia os quatro navios restantes de sua esquadra em cálculo frio.

Não era homem que se deixasse abater com facilidade. Pelo óculo, constatou a fuga de sua retaguarda fragmentada, perdida, fora de sua ação e de seu comando.

Balançou a frota inimiga: doze galeões armados, com o reforço dos que voltaram com Juan Castelo, ainda flutuavam galhardia. Dos monitores ligeiros, restavam três. Isso, afora os vinte barcos mercantes, intactos em sua união, tenteando mar oitocentas braças retiradas. De seu lado, como aliada, além de seus veleiros, só lhe restava a posição nova e outra vez favorável do vento, vantagem que poderia ser anulada ao fio do próximo embate.

Raciocinando rapidamente, sempre com a nau de Castelo em mira, deu início a nova tática: como a fugir dos perseguidores, abandonou a ação de lançadeira através da linha de Oquendo. Alongou viagem abrindo a formação e penetrou no âmago da frota cargueira desguarida.

Canhoneou-a com sofreguidão, quase a esmo. Afundou e ateou fogo a treze unidades. Logo a seguir, inutilizou mais duas em forte estrago da mastreação.

Seus auxiliares portaram-se à altura na fúria destruidora, já que a linha de pesados patachões de Oquendo, voltada inteiramente em sua perseguição, não ousava oferecer alvo aos balázios neerlandeses, de grande alcance.

Só mais tarde, quando as novas hostilidades de Castelo se fizeram sentir, Pater largou de castigar os mercantes para reeditar, em sentido de volta, outra manobra de penetração.

Num mar juncado de um tudo, lamentando ter de desperdiçar, com isso, a vantagem tão rudemente adquirida, recomendou o máximo da destruição também na quarta e última passagem de lançadeira. Que a impetuosidade no fogo contrabalançasse a perda eminente, senão total — recomendou com veemência.

82

Varas de ratos, grimpando seus medos pelas cobertas, denunciavam a alagação que ia pelos porões onde os cavernames estralejavam deslocados pelos impactos.

Um dos monitores e cinco dos galeões de Castela sentiram os efeitos terríveis da barbaridade da ordem. Não fosse um brigue ligeiro restante, dom Oquendo e o conde teriam perecido no naufrágio dramático da nova Capitana, entre grossa nata de tubarões.

Tão satisfatório vinha sendo o resultado para Pater, que o comodoro batavo cometeu o erro de todos os que se excedem em seu próprio valor: entusiasmado com a entestada, demorou-se na vitória, fervendo ambição de conseguir demais.

Tanto caçou panos que terminou por só conceder lufadas às pequenas velas de vante. Embriagado pelo êxito, rogava tremendas pragas ao próprio vento que até então fora seu maior fator. Mesmo o embalo que trazia, Pater tentou anular com o calçamento dos lemes.

Foi a vez de Castelo! Não se alarmando com o desastre, o grande marinheiro percebeu a vulnerabilidade. Como recurso extremo, usou o peso numérico e individual de suas naus remanescentes. A paga seria dura para não perder tudo, mas a situação não permitia regateios. Com decisão suprema, fechou seus navios sobre os barcos de Pater, inutilizando-lhe nova ordem de fogo máximo.

Quando o holandês mandou que seus três barcos restantes além do seu içassem todas as velas a ganhar mais distância, era muito tarde. Seu barco sempre conseguiu esquivar-se mas, dos que o seguiam, os dois primeiros viram-se logo envolvidos, invadidos, apresados e destruídos na animalesca brutalidade das machetes tão ao gosto dos peninsulares; o derradeiro, um belo veleiro de dois portalós, perdendo velocidade ainda mal adquirida, embora ostentando toda sua mastreação aberta, terminou por desequilibrar-se com o excesso de água nos fundos arrombados.

Após atravessar também a linha de Oquendo, volteando como ave malferida, orgulhoso por não se ter deixado abordar, embicou sua galhardia nas profundezas do oceano.

Comodoro Pater, agora em sua *Capitania* escoteira, tinha a retirada inteiramente livre.

Seu barco — o garboso *Walcherew* — esguio e valente, só poupado pela ação imediata de sua grande perícia, não trazia mossas de monta vital. Não obstante, atravessara quatro vezes a linha inimiga!

Enquanto a marinhagem reparava em emergência estragos no velame, Adriaan Pater lançou os olhos sobre as ruínas da esquadra de Castela. Com imponência e majestade, a nau de Juan Castelo ostentava suas grandes feridas.

Do lado de terra, a bola de sol mergulhava na beleza de mais um dia vencido.

— Só as decadências definitivas são tristes — pensou o bravo holandês. Não há decadência na morte dos dias. Para cada ocaso há, sempre além, a esperança de uma nova aurora... Ninguém pode sobreexistir a uma luta não decidida... a um ocaso sem aurora!

O barco de Castelo levantava sua proa a trezentas braças, na vanguarda da frota desmantelada, como um exemplo de heroísmo. Pater admirou o adversário. Admirou mais os três galeões armados, o brigue monitor e os cinco patachões mercantes, garantidos pela virilidade de um homem.

Foram valentes. Todos! Castelo era um rival que enaltecia quem com ele se batesse. Teve ímpetos de apertar-lhe a mão.

Tomado de súbita atitude, desprezando a retirada livre, o comodoro mandou rumar em direção aos inimigos.

Em cumprimento cavalheiresco, arriou inesperadamente a bandeira azul da Companhia, erguendo, no último traquete, o brasão dos Países Baixos.

83

Castelo honrou-se com a galanteria. Entusiasmou-se por igual com a grandeza daquele inimigo admirável.

Afastou-se com seu galeão, transmitindo ordem aos companheiros de se manterem fora de combate.

Anuíra à distinção do duelo.

Os dois magníficos rivais, ignorando a presença dos espectadores escarmentados, embicaram proas.

Pater, num requinte, salvou para o mar. Castelo cumprimentou-lhe a bravura na flâmula.

A manobra do comodoro foi rápida: metralhou o alvo em rajadas só de morteiros. Guinou violentamente de sotavento e repetiu a metralhada, desta vez com obuses franceses, alongados.

Atingido ainda não vitalmente, Castelo manobrou para dentro sua nau submissa.

Insistia, em movimento envolvente, na abordagem, única esperança de vencer a porfia, anulando a vantagem de fogo.

Apesar de menos maneiro, Castelo completou com brilho sua volta sobre Pater.

O comodoro reconheceu-lhe a audácia e percebeu que o ato era o esgotamento de suas últimas reservas de amor-próprio. Em réplica, caçou rápido as velas de fora, numa tentativa de orçar pela popa do atacante.

Mesmo exausto, tencionava pôr-se de novo ao largo, a recuperar a posição perdida.

Já os marujos corriam escotas quando Juan Castelo, de um salto, ganhou a amurada do barco inimigo.

Com a ponta do cabo que trouxera na retinida tentou ajoujar as duas naus com um nó na guarda do parapeito inferior.

Não conseguiu. O cabo fugiu-lhe das mãos, serpenteando de volta no sangue vertido de sua cabeça, aberta a machado por um marujo louro.

Antes que Pater descesse, um estouro violento estilhaçou-lhe o porão das pólvoras que a precisão deixara de escotilha aberta.

É que, do barco de Castelo, já os guerreiros brancos começavam a atirar as primeiras mechas incendiárias.

Percebendo que o navio afundava, os abordadores safaram-se, indiferentes ao fim de seu comandante.

Só então Adriaan Pater parou de lutar.

84

No portaló de comando, braços cruzados, o comodoro deixou-se imergir com seu barco perdido:

— Não esperava que fosse tão tarde... — permaneceu de braços cruzados. — Enfim, hoje foi um dia de lutas! — já as águas invadiam os passadiços. — Um dia, alguém há de plantar tulipas nas terras novas do Brasil...

Pater olhou para a Cruz do Sul como a conferir rotas.

No mastro de ré, a bandeira holandesa, descendo lentamente para o horizonte, elevava a dignidade daquele ocaso final.

— Que importam duzentos ou quinhentos anos... antes ou depois... mil anos! Dez mil anos... O mar...

85

Lá fora da Barra Grande onde terra mesmo não se via senão na esperança, ondas largas perderam de todo o lugar da batalha.

Em fila, os barcos destroçados de Castela demandavam a costa, santelmo piscando na ponta dos mastros.

Num rasgado de nuvens, uma constelação caminhava para o infinito com suas estrelas grandes e miúdas, eternamente presas à forma eterna de um escorpião.

Antares...

86

Dias depois da guerra de Adriaan Pater, no confuso de uma noite cheia de tempestade (relâmpago clareando os cafundós das serranias), Calabar chegou ao Arraial de Bom Jesus, servindo de guia ao conde Bagnuolo e seu montinho de comandados.

Vinham, corpo gangueado pelas voltas sem fim, através dos matos. Pressa de chegar, fazia os caminhos mais redondos.

Na enseada meio safada de Barra de Fora, a bordo de seus navios arruinados pela batalha terrível, dom Oquendo ficou de sobejo, com suas pragas e seus olhos de mouro, só doces quando se derramavam pelas ondas, pensando lá longe.

87

Tempo passou na carreira de sono agasalhado. Dois, três meses... Perna opada pela pirraça da gota, esparramada sobre almofadas num tamborete anão, o conde, copo de cachaça da terra a substituir o rum da esquadra arruinada, só fazia era arreliar o rojão da vida no Campo Real.

A coisa mesmo não tomou outro jeito.

Bagnuolo começou por exigir reverências. Assumiu seu posto porque tinha vindo para isso, mas Matias de Albuquerque, vivo como sarambeque de negra assanhada, percebeu que o arranco não estava arrastando seguimento.

88

Na hora em que Filipe Camarão, minguado como jenipapo maduro, inquiriu: — dom Matias, me diga... E esse perna zarolha tem mando pra balançar nossa vida de avulso?

O comandante-geral respondeu dentro da ironia:

— Traz ordem mas... se Camarão quer mesmo saber, pergunte a El-Rei.

— Então, dom Matias — o morubixaba se danou —, mande guardar nossas armas que é pra gente coçar cafuné...

O governador gostava do velho nativo. Sabia como devolver-lhe risos e venturas:

— Espera, Camarão! Tenho um mimo pra guerreares de formoso.

Entrou na alcova de dormir, separada da sala de comando por uma taipa oscilante e trouxe de lá um gibão de veludo roxo, com punhos gordos de renda.

Camarão ficou apalpando a grande fivela de prata do cinto largo que guarnecia o gibão.

Ficou apalpando toda a vida...

89

No marasmo da gota e da cachaça do conde, os holandeses se encolheram também.

Waerdenburch só não se conformava em governar a vila morando no porto. Detestava Olinda e não podia se esquecer da peça que a povoaçãozinha atrevida tinha lhe pregado quando de sua tomada.

Pela terceira vez, pedira a Amsterdão consentimento para destruir a vila, lugar mais cheio de malícia do que boca de moça nova. Autorização, nada!

— Política dos jesuítas... Diabo os leve! — resmungava o chefe em cada vão de tempo, bufando com os calores de novembro.

90

Pelo porto.
Pelos canais.
A neve espalhava aspecto.
Amsterdão!
Cristalizando ovéns, pentes fantásticos de gelo desciam dos mastros nus nos navios parados. Como estalactites.
Sol brilhava nas amuradas. Branco.
No piso do cais. Branco.
Nos degraus que sumiam na crosta dura das águas geladas.
Amsterdão! A lama das ruas estreitas subia frios pelas igrejas.
Um carro entrou na "Suder Kirche". O trote largo dos cavalos de cheias patas encheu as curvas do caminho acanhado pelos casarões escuros. Antigos. Mas o trote largo não fazia rumor, dentro, nas tapeçarias sisudas.

Parou quase no porto. Em frente aos escritórios centrais da Companhia das Índias.

A Companhia (bandeira azul e preta no mastro grande) ocupava toda a loja e o andar de cima, de exagerada altura.

Um homem apeou-se ligeiro com a desenvoltura fresca de quem saísse de um banho. Cumprimentou a rapaziada, embaixo, labutando por trás de suas carteiras altas e subiu a escada interna, saltando degraus.

Gola gomada, claros nas rendas do dólmã, pelote cor de açafrão, o homem cumprimentou de novo algumas visitas que esperavam na ante-sala, empurrou a porta envidraçada do gabinete e entrou dirigindo-se à mesa que, pela dignidade, seria a principal da casa.

A sala, ampla, também pesada de tapetes, estava cheia de mapas. Terras estranhas: Nova-Amsterdão com a "Eyland

Manatus" junto ao esboço de uma costa larga, peixes descomunais desenhados a água-forte. O esboço, já muito rasurado (a linha do Papa ratificada em vermelho), trazia o título gótico: "RECIFFA ET CIRCUM IACENTIA CASTRA".

Numa peanha, uma criança de mármore abria a boca num choro desdentado.

O homem descalçou as luvas claras e soprou nas mãos com decisão. Logo, abriu um armário-nobre e retirou um pacote, espalhando confeitos por sobre a mesa. Alto de quase seis pés, 26 anos, toda a roupa em fácil requinte de elegância, o homem trazia determinismo no talhe da boca.

O homem era Maurício de Nassau, filho do "Stathouder" da vasta organização.

Mastigando com deleite, principiou folheando correspondência e relatórios.

Depois, chamou:

— Hendrik!

O secretário do pai apareceu nos fundos.

— Hoje vou ver os estaleiros. Antes da tarde — esclareceu com energia. — Iremos juntos!

Despediu o auxiliar e se engolfou na leitura dos papéis. De espaço, comia mais um confeito ou tomava assentamentos, sublinhando trechos.

— Jol! — tornou a chamar para dentro.

Ao rapaz que surgiu de imediato, recomendou, sem desviar dos documentos os olhos azuis, de aço:

— Leve-me esta carta a "Rath Haufs". Entregue-a à senhora baronesa Margarida de Callenfels com as melhores notícias do irmão, em Pernambuco. De passagem, deixe quatro rosas brancas em casa da menina Paula. Faça-o com discrição... — Nassau entregou ao empregado algumas moedas — Agora, mande entrar as visitas. Primeiro, naturalmente, o frade do Brasil.

Hora passada, não eram as dez, Nassau derramou novo suprimento de confeitos sobre a mesa. Havia terminado a última conferência do dia com um gordo fabricante de panos de Roterdão. Nenhum problema dos que lhe foram apresentados aquela manhã havia sido protelado!

Nesse ínterim, Jol regressou. Entrou esfregando as mãos do frio de fora:

— Pronto, senhor! As determinações...

— Muito bem! — Nassau o interrompeu com impaciência. —Agora, leve-me esta ordem de pagamento ao senhor Prant. São oitocentos florins. Vão como simples homenagem a seu talento, de parte da Companhia... Diga-lhe que amanhã almoçaremos juntos. Anseio por ver-lhe as últimas telas. Avise-lhe que levarei comigo um arquiteto e um escritor franceses... Teremos duas horas livres para fazermos um pouco de música. Que a pequena Maria esteja lá!

Logo que Jol se retirou, Nassau tornou a chamar:

— Hendrik! — Sentindo o secretário entrar por trás da cadeira, pediu, acamando o cabelo palha-pálido com uma escova de bolso de duros pêlos: — Anote os itens para a resposta ao Brasil. Escreva ligeiro, por favor.

Mas Hendrik se demorou na escolha de penas. Nassau, papéis na mão, aproveitou a demora:

— Bernhard!

Esperando a chegada do novo auxiliar, apanhou mais uma mão cheia de confeitos no armário.

— Bernhard, peça lá embaixo o livro de atas. Indague das últimas cotações. Cereais e erva do fumo. Informe-se do açúcar vendido ontem para pagamento imediato. Veja os compradores. Espera ainda! Quero os certificados das quatro últimas vendas de pau-de-tinta. Veja-me também... Não! Só. Diga ao Markus que suba.

Nassau deu uma volta pela sala, ao longo das janelas. Retomou os papéis. Leu aqui e ali. Conferiu anotações e ditou por fim:

— A direção superior da Companhia aprova plenamente a fórmula de empréstimos a longo prazo a cultivadores de cana e lavradores em geral, nativos ou não, desde que estritamente para o desenvolvimento de suas lavouras e pequenas indústrias...

— Com licença! — Markus, o guarda-livros chamado, interrompeu. — Às ordens de vossa excelência!

— Sim! — Nassau prosseguiu como se ainda estivesse ditando sua carta. — Markus, suspenda todas as vendas para Paris. Para a França. Nos pendentes, proceda imediatamente à cobrança. Proponha reduções vantajosas para rápido solvimento... — Examinando o carrilhão inglês que subia sua caixa negra até o teto lavrado em mogno, Nassau ordenou: — Pode retirar-se.

Em seguimento, virou-se para o anotador da resposta ao Brasil:

— Hendrik, leia o que ditei!

O empregado começou, obediente:

— A direção superior da Companhia aprova plena...

— Substitua a palavra aprova por louva! — Nassau esclareceu: — A proposta do Conselho é realmente louvável! As transações deverão ser feitas apenas e com exclusividade em florins. O recebimento, em ouro cunhado ou não. Pouco importa! — Com um gesto, mandou prosseguir nas anotações. — A Companhia autoriza ao Poder Civil de Olinda a reserva de uma quarta do recolhimento total, nos próximos seis meses, para os ditos empréstimos. Outro assunto: A direção geral resolve censurar a Administração do Brasil pela desídia com que se houve em não ter obrado de modo a evitar que o senhor Vidal de Negreiros tenha retirado sua confiança de tão promissor nascimento em nossa empresa.

Nassau comeu mais um confeito. Escolheu um, rubro, de amoras selvagens e, sem suspender o passeio pela sala, passou os olhos nos derradeiros parágrafos da correspondência a ser respondida:

— Waerdenburch insiste em incendiar a vila de Olinda... Não sei! Não gosto de destruições... Que te parece, Hendrik? Não! Não responda a isso. Escreva: Esta chefia nega o perdão implorado por... por... — conferiu um nome — Van Lom. A execução deverá ter lugar imediatamente após o recebimento desta. Acrescente: De aqui por diante, fica bem recomendado que recursos semelhantes não mais tenham andamento além das fronteiras do Brasil. Não mais sejam encaminhados a esta chefia. Traidores serão executados sem alternativa. Pedidos de clemência atrasam a Justiça. Fazem perder tempo inutilmente... Hendrik, anote em separado as nove caixas de livros que estão no depósito velho para embarque urgente. Os livros serão destinados à distribuição popular assim como as rocas e fusos que se puder enviar aos nativos que tenham arte de tecer ou que a desejem aprender. Embarque mais, na primeira nau que zarpar, duas ou três barricas de maçãs e uma ancoreta de genebra da melhor qualidade que se puder encontrar na praça, para modesta oferta nossa aos senhores jesuítas. Faça-lhes um bonito recado, com nossas melhores reverências.

Afastando o reposteiro muito pesado da vidraça, Nassau examinou o tempo com interesse desmesurado. A voz tomou um tom súbito de doçura:

— Hendrik, sabe que o sol, no Brasil, é descomunal? As praias sem fim... muito claras, aquecem o amor mais do que o melhor dos vinhos de nossa Pátria. Não sei, Hendrik... Não sei... pareceme que já estive lá... O meu coração... a minha vida... — Nassau recuperou-se de novo para a luta do dia. Os olhos retomaram a rígida nuança do aço. — Prossiga na carta: Fica exigida especial pressa nos reparos das embarcações de qualquer tipo que deles chegarem precisadas, para evitar demora no regresso. Aprovada,

também, a nova tabela para a venda de panos em geral. Com esta, irão cento e quarenta peças que adquiri esta manhã, de Roterdão. Aprovada a vigésima segunda Ata Geral. Rejeitadas as explicações idiotas sobre a má qualidade do açúcar recebido. Cancele-se qualquer licença para viagens de oficiais não chamados expressamente. Que Callenfels e seus parceiros de nostalgia trabalhem com entusiasmo e não terão mais aflições pela Pátria distante... Nada mais! Diga, no fecho, que a direção geral incentiva e estará sempre presente, com seu apoio incondicional a todas as empresas de seus servidores leais.

Maurício de Nassau aproveitou o tempo em que o secretário terminava as anotações para assinar uma pilha de documentos, livros e papéis avulsos.

Fora, recomeçou a nevar devagarinho.

Quando foi deixado só, o moço aparou uma pena escolhida com cuidado no pote de coco (um berro tropical na algidez da sala), catou mais um confeito de amoras entre os do pacote entornado, e escreveu rapidamente, sem vacilações, como se estivesse redigindo um aviso oficial:

"Senhora minha sempre lembrada. Perdido em ócios (que, longe de vós, não me posso ocupar em trabalhos senão no deixar passarem-se os dias em sutil lembrança), rogo não vos demoreis em vir ter comigo. Espero-vos, pelo fim da tarde, em nosso costumeiro esconderijo. Então, afigurar-nos-emos, não nesta feia cidade desumana, mas já em minhas ensolaradas praias do Brasil, perdendo nossos passos entre as mais exóticas plantas e deliciosos frutos, nas areias desertas e sem fim. Por Deus, apenas vossa sublimada presença dissipará esta bruma depressiva e o vazio que, longe de vós, invade-me o coração escravo..."

91

Depois de uma noite estourada de estrelas, Calabar acordou com Bárbara na idéia, comendo-lhe amor e remorso.

— Que assunto teria a cara do filho? — O mulato pensou nos holandeses e se riu. — Demorando a invasão, o menino só podia botar corpo no meio dos inimigos, de mistura com eles.

Havia de apanhar suas vontades e havia era de ter muita graça... Ainda deitado na esteira de palha de tábua, esfregou o corpo moído de trabalhos, no desengate do sono.

Resolveu ir ver Bárbara na casinha do Ermo Agreste.

Chegada na vila não era empreito desconforme para quem soubesse maneirar com os bíblias da Companhia. Calabar tinha medo não! Resolveu ir e foi.

No caminho, voltou a pensar no filho. Já devia estar pedindo pernas... Imaginou o filho, um dia, metido no uniforme azul que tanta arrelia dava a dom Matias:

— Brigue de um lado ou de outro, mas brigue sempre, desde que brigue pela terra! Sina de vivente. Homem homem, não pode deixar de brigar. Depois, terra é que nem gente: escrava, não dá ponto!

92

Macário da Anunciação era um joão toucinho zabaneiro.
Vivera pros lados do Tororó e tinha atravessado sua mocidade só fazendo lambança e trapalhada.

Agora, vizinho de Rosina da Foz, morava no Ermo, um pouco mais pra dentro da casa da comadre.

O cabelo, dum preto luzidio, começava em pé, no toutiço em dobras de unto, dava volta da cabeça toda para terminar em franja espessa na ladeira da testa.

Bem ou mal, havia vencido sempre seus anos até que aquele cabelo preto e luzidio deu de pintar, sem mais de mulher em casa senão Aninhas.

De asseio, muito novinha para o corpo sacudido, duas torres de coxas, cintura enforcada, peitos que sufocavam na afronta, traziam a mulata bonita a valer.

Contavam, com muita verdade, que uma noite em que o crescente andava puxando sangue novo por baixo dos balcedos, Calabar apressou as idades da rapariga.

Daí pra cá, a lua deixou a menina em paz, sempre às voltas com seus sequilhos de araruta que era o que sustentava ela mais o pai, cada vez mais tornado em menino.

Aninhas gostava do velho e se, dia ou outro, ainda se misturava com algum dos sem nação, mesmo invasor, seus interiores nada tinham a ver com a vadiação. A coisa era só para crescer a féria dos sequilhos nos dias sem festejo e faltos de missa.

Bárbara sabia da orçada de Calabar nos particulares de Aninhas desde o tempo em que o cabra desabusado não lhe cortejava nem bom-dia nem boa-noite. Mas como já andava querendo caçar incômodo, gostava de se largar para a casa da companheira, a perguntar mais isso mais aquilo, cheia de curiosidade, beicinho tremendo nas querenças da inveja.

Uma tarde (isso, por aquele tempo), justamente quando Aninhas contou-lhe que só fora a gracela do rapaz porque nem o Tinhoso podia com ele em novinho, não teve outro jeito senão se desmanchar na choradeira maior desse mundo a confessar à outra sua paixão:

— ... e, pra não precisar lhe dizer mais nada — terminou, nariz escorrendo que nem bica da serventia do povo — nem não lhe posso falar com meu coração... Eu sei desde quando já não tenho mais coração?

Aninhas ficou olhando com pena da cabocla:

— Homem... — falou sem grande espanto — isso é assim mesmo... A gente nasce fêmea é pra sofrer de gosto por macho! Bárbara, minha filha, tem nada não! Pra lhe dizer verdade, Domingos, agora, é só um amigo que eu tenho nas minhas precisões... E ele gosta de tu?

— Penso que sim... Isso é, a gente parece que adivinha...

— Eu até faço gosto que vosmecês se casem! Domingos tá melhorado, isso, tá! Agora, é outro homem... mas, quando eu conheci ele... Vote! Sendo assim — prometeu — vou lhe dar ajuda!

E ajudou mesmo.

Daí, a grande amizade das duas. Daí, Calabar, logo que chegou à vila, naquele dia turvo numa ingratidão aos enfeites da madrugada, ter ido direto à casa de Macário da Anunciação procurar por Bárbara, mais pelo filho desconhecido.

É que a mulher só podia estar era lá — pensou.

Chegando, Aninhas lhe contou a história toda:

— Não fazia uma semana...

93

O sebo queimado das torcidas espichava sombras esquisitas até o barro do caminho empinado do Ermo.

No mocambo de Rosina da Foz, onde Bárbara procurou refúgio para o descanso do parto, vultos se encolhiam curvados como lombos de cupim.

No escuro de fora, o Beberibe enrolava águas no seu sem desnível, numa preguiça de jibóia farta.

Dois marinheiros, meninos holandeses, vinham passando.

Pararam no batente grosso de maçaranduba:

— ... criança morta!

O outro espiou:

— Diabo! Não podíamos ter escolhido outra estrada? Logo hoje que estou com a terra na cabeça! Sabe? Eu tenho um irmãozinho pequeno...

O mais rosado se entristeceu. Logo, reagiu:

— Deixa pra lá!

Os dois se foram em busca de mulher.

Bárbara estava embolada num canto como uma coisa. Olhava a filha morta.

E foi assim desde o sol da tarde.

Rosina da Foz estava agachada em outro canto. Também parecia a lombada de um cupim. Levantou-se, esfregou a câimbra de um joelho e se agachou de novo.

94

Hora depois, os dois marinheiros holandeses passaram de volta, já servidos em seus desejos.

Vinham naquela fartura enjoada de quem não achou bem o que queria.

Ficaram olhando.

Rosina da Foz esfregou a câimbra outra vez. Deu volta e veio se acocorar no chão de terra, de junto da mãe aflita:

— Come um cará...

Bárbara não se importou.

— Come um cará. Tu não come nada desde... Bárbara, come um cará!

Rosina balançou a cabeça, danada porque mãe que perde filho só toma rumo mesmo, no que se diz rumo, depois de muito tempo rolado. Insistiu:

— Come um cará...

O dedo seco desmanchou uma grande mecha dos cabelos da mulata. Foi um carinho.

— Come um cará... — a raiz cozida esfarinhava nas mãos.

— Posso não!

— Minha filha, mais vale um anjinho no céu que um padecente na vida.

Bárbara só fez dizer:

— É...

— Mais vale! — Quem repetiu foi o pai de Aninhas, satisfeito com a solidariedade no conforto.

Dentro, andava aquele cheiro bambo de morte nova misturado com a fumarada das defumações seguidas, com bodum de gente cansada.

Salomão, um escravo sem dono, sem mais prestativo, cochilava no fundo do mocambo mais bêbedo do que vivo.

— Logo que rompa o dia...

— Não tinham precisão de esperar... Não sei por que esperam...

— Cadê vizinho Zé Raimundo?

Falaram outras coisas.

Os rapazes holandeses sumiram pras bandas do comércio.

Depois, todos se calaram.

Noite ia comendo de largada.

95

Do lado de fora, Rosa Cambaio serenava seu galo num aconchego.

Vizinho Zé Raimundo, braço mirrado como galho seco, olhou o céu numa fartura de estrelas.

Avaliou o desperdício de brilho. Fechou a cara e disse:

— Não sei por que...

Quem escutou o que disse vizinho Zé Raimundo, braço mirrado que nem galho seco, não ficou sabendo se ele não sabia por que tinham retardado o enterro ou se desconhecesse os segredos da morte e da vida.

O que vizinho Zé Raimundo, braço mirrado como galho seco, ignorava mesmo era o segredo. Quando entrou, vinha falando sozinho:

— Criança nasce e morre... Velho morre só!

Topou Rosina ao lado de Bárbara. Repetiu:

— Comadre, velho só morre... Deus sabe o que faz...

Ficou espiando o caixão sem forro, feito por uma caridade.

96

Ninguém percebeu quando o xale resvalou para o chão pelas costas da cabocla.

O berro saiu como coice de arma nova.

A mulher pinoteou de bicho estrepado, se dobrou por cima do caixão sem forro, feito por uma caridade, apanhou o corpo da filha e, cabritando desespero, varou o magote de povo espasmado junto da porta.

Só esbarrou na rua.

O insulto do ódio franzia-lhe as ventas.

Enfiou os olhos no macio do céu estrelado. A criança dura no colo.

Bárbara tornou a berrar de tigre doido olhando na lua como se avaliasse o tamanho das coisas sem tamanho.

Quando acudiram, ela já ia no meio da rampa. Tomou distância. Correram chamando.

A fugitiva voltou-se, pernas muito abertas escorrendo o moreno gostoso, lama do chão levantando por entre os dedos descalços.

— Bárbara!...

— Bárbara, que é isso?

— Bárbara, essa menina! Volta, Bárbara!

Doida, doida, Bárbara parou. Gente prosseguia de cima:

— Bárbara...

— Bárbara...

Doida, doida, ela ergueu a filha bem alto, como numa cerimônia de amostração.

Aninhas vinha na frente do bando, na perseguição. Já estava pega-não-pega quando Bárbara se virou de novo e se despencou na carreira.

Até cativo Salomão, sem mais prestativo, acordou com a zoada:

— *Ê, ê! Fia zim fincô zamboada...* — e fechou os olhos de novo.

97

Já era tarde quando o povo percebeu o que estava acontecendo.

Já era tarde quando Rosina da Foz parou de estampa, cará esfarelando nas mãos...

Bárbara estacou na beira do rio. Parou de berrar e se benzeu. Benzeu a filha também.

As mulheres se ajoelharam chamando pelo auxílio da Senhora dos Afogados.

Quando ergueram os olhos na coragem da fé, Bárbara tinha sumido.

Um olho abriu-se em gorgolejos nas águas do rio.

O olho se fechou e foi dilatando aros em volta.

Logo, um bolo emergiu de sopapo, abrindo outro olho no quieto do rio.

— Vem cá... vem cá... — A voz rompeu dos fervilhados num estouro de nervos.

Só ficou aquela voz colada no ar, magoando os ouvidos.

Novos halos foram se abrindo devagar e se apagando na maretação mansa.

Por fim, já nos dentros da noite, só se ouviu um rápido estilhaçado de águas...

Macário da Anunciação rodou na tonteira da dor e emborcou no chão:

— Era como se fosse minha filha...

Aninhas acarinhou o pai, olho no rio:

— Meu Deus... Minha Nossa Senhora...

Depois, o rio continuou passando, no sossego morno de sua tarefa de passar, como passa tanta coisa sobre a terra de Nosso Senhor Jesus Cristo, tão pra nada... tão pra nada...

98

Rosa Cambaio foi a última pessoa que largou de olhar para o rio. Ela e o galo.

Madrugada, falou:

— Ninguém escapa... Ninguém escapa... Nem do fundo do rio, nem dos escuros, das raízes... Ninguém escapa...

Os dentinhos brancos ficaram arreganhados como se quisessem morder todos os mistérios que perseguem a gente, mesmo no fundo dos rios, com suas raízes, com seus escuros...

99

Calabar ouviu a história que Aninhas lhe contou:

— E foi assim?

— Sem tirar nem pôr — a filha de Macário da Anunciação afiançou.

Hora comeu tempo.

— O corpo? Me diga: o corpo? A criança?

— Ninguém deu mais notícia...

— Culpado é... Faz mal não! — De repente, o mulato se lembrou de um pormenor muito importante: — Era menina? Uma menina, Aninhas?

100

Calabar só deu de si no Mindinho onde, tanta vez, conversara tantos silêncios com sua Bárbara que o rio levou...

101

A tarde se enfeitava de novo.

Longe, o porto vaidava seus progressos.

Calabar se espantou com a beleza da cidade nascendo entre cajueiros brocados de cores.

Sol brilhava alegria nas caiações novas.

Calabar comoveu-se. Não podia acreditar que aquele povo tivesse vindo de tão distante somente atrás de pilhagem!

Quem quer roubar o alheio não constrói nada!

Precisa amor, muito amor para se fazer qualquer coisa que valha a pena ser feita! Os holandeses amavam a terra!

No banzado das idéias, Calabar se comoveu ainda mais com o levantamento da terra. Da sua terra! Os bíblias sabiam levantar uma terra!

No Recife, por certo, já havia até escola... A verdade é que o mameluco nunca conhecera porto de outro jeito: era só aquele montinho de trapiches, de mocambos... Quando os outros, os de primeiro, faziam alguma benfeitoria, um benefício novo, era para usurpar mais, para fiscalizações, para facilidade de juntar e embarcar mais dinheiro do povo para a Corte. O povo não tinha saúde nem quem lhe desse mezinhas de droga. Ninguém sabia ler... Os padres ensinavam na vila um ou outro cariboca, mas ensinavam só a troco de ganhar agentes. Ele mesmo aprendera coisas com os jesuítas mas, logo que começou a mostrar muita da independência, foi mandado embora.

Lembrou-se da expulsão: aquela noite foi de desabrigo bonito...

102

*O pensamento de Calabar viajou nos longes do passado.
1611.*

O Colégio de Olinda... O pátio de pedra...

*O pátio doeu-lhe nos olhos com a nitidez das quinas cruas.
Era como se ele, menino, estivesse correndo por baixo daquelas
mesmas árvores que ainda estavam lá, apenas mais altas agora,
apenas mais velhas.*

A mesa de aulas...

*Súbito, o mulato viu-se rodeado por seus companheiros de
estudo, companheiros de reinação que o mundo engoliu depois.*

Viu-se entre os padres de seu tempo de aluno jesuíta.

*Olho espantado na lembrança, sentiu a presença quase mate-
rial de padre Afonso (um religioso áspero da Grã-Canária), a ler
alto para que os meninos escrevessem, tal qual vinte anos antes.*

*As palavras da tarefa acudiam, vivas, no compasso da régua
agressora, sempre levantada, sempre pronta para bater.*

Os castigos deixavam mossas no corpo.

*Calabar gostava dos ditados: era quando aprendia uma por-
ção de coisas novas.*

*Imaginou-se sentado na mesa larga. Padre Afonso pigarreava
em todas as vírgulas. Não deixava passar uma só!*

*A voz do professor zangado chegou dos vazios: — "... por isso,
vírgula (o pigarro), e por muita mercê de Deus Nosso Senhor, vírgula (pigarro), e pelo muito que nos tem obrado por o bem de nossas
almas (vírgula e outro pigarro), devemos grande opinião e obediência à coroa católica e fidelíssima de Castela e Portugal, ponto".*

*Calabar escreveu "obediência" e parou. A pena, vergando no
bico rombudo, não prosseguia, não fazia mais que borrar o papel
caro.*

Foi assim até que a régua do padre zuniu-lhe nos ouvidos:

— Estás a dormir? És um mandrião... um lerdo! Hás de dar em negro! Hás de sair uma besta!

Padre Afonso (o religioso áspero da Grã-Canária) ditou novamente o final do período. A voz mais rude:

— Escreva!

Então, alvoroçado pela pancada, o cabelo de um louro estranho a cair-lhe nos olhos, Calabar sentiu a pena vibrando no bico rombudo.

De um golpe, terminou o escrito: "... obediência à minha mãe e à terra brasileira!"

Terminou, levantou-se rápido para o pior.

A tabocada que o padre atirou com a mão pesada precedeu ao ato da expulsão, mas Calabar já sabia ler!

Sabia algum latim e, sobretudo, sabia que nascera numa terra escravizada.

Aquela noite foi de desabrigo mas foi de liberdade também. Depois, nos tombos da vida, Calabar aprendeu mais: aprendeu que mais vale sabermos nos defender da malícia de nossos semelhantes do que ajudá-los em suas empresas...

103

O mulato, já dentro do presente, desceu o barranco e ficou olhando o mar, fora dos arrecifes.

Lembrança de Bárbara voltou para se diluir no escamado das águas. Calabar rolou tempo com aqueles dois anos de guerra na cabeça.

Novamente imaginou o que seria um Brasil holandês se o invasor pudesse trabalhar em paz, sem debaixo de bala do bando de mercenários de Matias de Albuquerque. Difícil conceber tanta valia feita assim mesmo! Tanta coisa bonita...

Abastecimento, nenhum do interior. Só por mar...

Uma floresta de mastros atulhava o ancoradouro pequeno para tanta embarcação diferente.

Fora, velas iam e vinham.

Panorama de todo dia...

104

Calabar voltou a pensar em Bárbara. — Tudo de mistura. As evocações do recanto acudiam aos pedaços que nem pedras soltas.

Lembrou-se da noite parada em que tomara a mulata faceira por mulher. Um céu de estrelas abençoando os dois.

Com os olhos da saudade, buscou o lugar certo. Encontrou-o na queda do olho. Vivo como se ainda guardasse presença.

Precisamente em outubro... Dois anos antes, a filha jamais conhecida teve sua primeira arrancada de vida no amor dos dois. A filha devorada agora pela gula do rio...

Era como se estivesse ouvindo as queixas, os sustos, os medos de sua Bárbara querida, afrontada pelo Saavedra, pelas dores, na hora de sumir no rio...

O ódio que lhe cresceu contra Saavedra (cara comida de bexiga) foi contaminando toda aquela gente castela que só sabia exaurir a terra moça como o corpo da mulata. Terra também desprezada pela mestiçagem do sangue dos primeiros invasores. O sangue de dom Matias, de Saavedra, de todos ali. O sangue de seu pai...

Quase dois anos de guerra... Tinha cabimento?

105

Moído por tanta miséria, Calabar agachou-se, apanhou uma pedrinha chata no chão e atirou-a com força, tangenciando o quieto das águas.

Depois, acompanhou com interesse a série de saltos que a pedra dava comendo as maretas mansas.

Aliviado com a brincadeira, respirou fundo o cheiro forte do mar.

Então, veio-lhe de dentro, a modo que dos avessos, uma ternura machucada pela mãe e pela irmã: mãe Ângela, uma bugre comprida, seca no corpo como um pau torado de antigo; mãe Ângela, sempre deslizando pelos caminhos como sombra doida; sempre repelindo num descaso passivo as coisas dos brancos, a língua dos brancos (que nunca chegou a aprender direito...). A irmã Maculada (meia-irmã), calabaça pura, de sangue parado na obstinação da raça derrotada, presa à mãe por um amor feito de terra, de chão, de fruta madura, de cheiro de chuva...

O mulato danou-se na saudade de tudo aquilo:

— Como andariam seus negócios em Porto Calvo? Os moinhos de cana entregues às duas, sem mais de adjutório? O gado, pouquinho mas limpo? As benfeitorias?...

106

Calabar atirou mais pedras que afundavam lá longe, depois de pinicar muitas vezes o fio das águas.

Pensamento botou-se sozinho para aquela guerra estourada. De novo, o mameluco admirou-se do mar semeado de velas ativas nos rumos da vida.

Seria bom viajar um dia por todo aquele mar solto... conhecer a Europa, a civilização...

De repente, a figura autoritária de dom Matias, do conde bêbedo, daquele bando de oficiais de patente forte, irrompiam de um ódio sem bordas como se fossem eles os inimigos da terra.

O alferes mameluco pensou com imensa tristeza em seus bravos companheiros de luta desembestada: o negro Dias e o morubixaba Camarão não eram nem furriéis! Injustiça!

Enquanto os três (que não tinham entrada na sala de comando) sofriam o desprezo dos grandes, dos que só sabiam beber aguardente e afrontar o povo até nas filhas comidas de patuscada (Zefa do Jordão não foi assim?), os donos-de-tudo não sabiam nem pra que lado ficava a Bahia!

Verdade mesmo é que os castelanos só grimpavam na ousadia para exigir mais impostos e castigar os nativos por isso mais aquilo.

Se os holandeses não tivessem vindo, ninguém tinha precisão daquela guerra danada de demorada, mas também nada teria mudado em Pernambuco!

Ainda uma vez Calabar alongou os olhos cansados para o porto onde tudo era vida e movimento.

Invejou tanta atividade. Jamais desejara assim, com tamanho impulso, uma terra melhor!

A idéia encostou devagarinho como coisa que não quisesse encostar: E se ele se passasse?

Sentiu que sua ajuda estava fazendo falta do lado de lá. Imaginou-se de farda azul, dirigindo uma tropa bonita contra os homens de dom Matias.

O mulato percebia nos holandeses uma força nova, gigantesca, disciplinada. Cuspiu pela falha de dentes uma zanga inflada de orgulho por se reconhecer capaz de dirigir os invasores com precisão.

Pelo menos, Waerdenburch havia de apreciar melhor suas valias.

Não fazia muito tempo... No dia em que salvou das fomes do mar dois portugueses, num mergulho bonito por baixo dos arrecifes do porto, e chegou em terra todo coberto de lanhos dos corais, o comandante-geral fez foi prometer uma recompensa que só ficou na promessa.

Passados dias, recebeu um papel em que o Governo castelo aumentava de quarenta vinténs seu imposto de exportação de açúcar!

Calabar, fervendo no desaforo de dom Matias, subiu ao barranco com uma decisão maluca apontando na zamboada dos pensamentos.

O maior conhecedor de buraco de terra e de boca de mar de Pernambuco falou alto como se dissesse as palavras para alguém de cabeça dura:

— Por que não tentar outra sorte? Onde não há mais esperança não se cometem erros!...

107

Em cima, já na Cancela do Mindinho, tomou pelo beco onde Bárbara costumava fugir de seus braços, noite largada, quando padre Estêvão, de volta dos serões do Solar de Marim, avisava da hora de desmanchar carinhos.

Seixos rolados, socados no chão barrento, acendiam melhoramento holandês.

— Se fosse hoje — Calabar meteu reparo, afundado na saudade da mulata — Bárbara não se arreliaria tanto por sujar os pés de lama...

A lembrança maluca da mulher doeu como um grito.

No canto de cima, antes só tomado por erva-de-bode, havia agora um mocambo pintado de verde. Era uma venda de sabão e aguardente. Lanceiros holandeses, de folga, bebiam na algazarra discreta da raça.

Junto à porta, dois marujos muito novos estavam encostados à nostalgia da Pátria.

Enorme, mesmo entre flamengos, Calabar passou os braços pelos ombros dos marinheiros:

— ... beber... — disse na língua deles.

Levou-os para dentro e pediu vinho.

Servido, perguntou em português:

— Me digam uma coisa, seus corninhos: vosmecês vieram endireitar essa terra mesmo? Endireitar ou arrasar ela de uma vez? Vosmecês querem bem de verdade a Pernambuco? Homem... — bebeu uma caneca cheia do rascante gostoso. — Até que se vosmecês consertassem tudo... até que valia a pena! — encheu outra caneca. — Sabem que os donos de vosmecês, o Waerdenburch na cabeça, andam doidos para que eu me passe?

Estou tão farto das propostas deles como dos castelanos do diabo! Se eu me passar, dana-se tudo! Eu, holanda, era a miséria mais feia da terra. Podem crer! Era a miséria! — outra caneca. — Não fica um joão toucinho pra contar aos filhos... aos netos...

Os holandeses riram quando Calabar falou em joão toucinho. Só o que entenderam do discurso. Fizeram-lhe coro alegre:

— Speck Jan! Speck Jan!!!

Com gestos largos, aprovavam a degola dos inimigos na certeza de que o mulato seria um dos muitos nativos combatentes a soldo da Companhia das Índias.

O taverneiro, só ocupado em dar extração à sua mercadoria, pouco se importava com algazarras e opiniões desde que se lhe pagassem ao contado.

Calabar emborcou mais duas canecas de vinho, no rojão da sede. Saiu abraçado aos rapazes que o festejavam. Fora, empurrou os dois na brutalidade e tomou seu rumo.

Varou o Ermo sem dar fé da casa de Aninhas, a última da rampa, e afundou nos matos, de volta ao Arraial do Bom Jesus.

108

No caminho, sentiu cheiro de noite. Meteu assunto de tristeza nas manchas do sol secando ligeiras numa beleza doída de coisa finada.

Hora assim coração fica miúdo e homem nenhum presta pra se danar dentro da valentia.

O sol subiu o morro mais alto perseguido pelo escuro crescente do arvoredo adormecido.

Veio-lhe foi uma vontade maluca de recomeçar no enleado da vida como se Bárbara e a filha jamais conhecida estivessem lhe devolvendo dos precipícios do rio os começos perdidos para novas arrancadas...

Só percebeu que chegara no Campo Real quando lhe contaram que ordem do conde era ninguém sair do arraial sem licença.

No moído de estrelas, uma nuvem espessa apagou a Cruz do Sul...

109

Mestre João Sampaio acabava de rasgar um tumor a um obuseiro holandês.

Em sua loja da vila, o balabrega já se fazia entender falando por palavras e gestos. Meio a meio.

Para as pragas, as palavras flamengas eram mais ásperas.

João Sampaio começou como barbeiro do Língua (o Língua era o capitão Jouer, filho-família de Haia que, para o gasto da empresa, sabia uma mistura especial de castelhano e português). Sampaio fez-se contador de histórias da terra, depois amigo e, por fim, protegido do capitão gordinho e falador.

Com isso, já tinha conseguido uma bela chácara no Pontal de Nazaré. Ele é quem mandava os bilhetes de sedução para Calabar. Fazia as propostas e a catequese do bicho escabriado. Os bilhetes eram recados bonitos de Waerdenburch e o último deles oferecia ao mameluco a patente de major num direto sem tabela.

Aos invasores, contava que, na Serra da Barriga, ouro era de encher galeões!!!

Contava de safadeza. Tudo mentira. Gozava de ver ambição pipocando no olho dos coitados.

Fez a esvurmação da ferida:

— Aí pra dentro, tem uma árvore que dá uma fruta que quem come ela dá de zurrar de burro, cai de quatro e não levanta mais a venta pra cima nem sungado pela mão de Deus-Padre. Tomem vosmecês cuidado com essa tal de fruta! É uma da casca espinhenta, encarnada de dar gosto, cheirosa toda vida...

Com a tenta na mão, ergueu-se, ar compenetrado, e recomendou:

— Pronto! Agora, é não comer peixe pescado na sexta-feira; só molhar com sol de fora e deixar ao ar, sem nada por cima! Calhando mosca assentar, não espanta elas: as moscas secam os maus humores e ajudam na cicatrização. Outra coisa: sereno frio, ofende! Amanhã, em jejum, tome um clister bem esperto de água quente, sal grosso e um punhado de cinza que é pra descarregar as malícias. Custa-lhe tudo, com o clister...

Jouer entrou para interromper o orçamento.

Era para avisar que a ordem tinha chegado e que precisavam evacuar a vila.

Todo mundo devia se mudar para o Recife quanto antes. No porto já sobejava acomodação, mesmo sem contar com as obras que estavam sendo feitas para o alargamento do povoado.

Ninguém ia ter prejuízo — afiançou o capitão — porque todos receberiam, como indenização, casas e lojas novas, muito maiores e melhores do que as de Olinda.

Isso, um por um.

110

Durante um bandão de dias, o istmo andou atulhado de cargueiros, cordões de animais, carros de bois e uma quantidade de escravos e soldados a trazerem da vila até esquadrias e pedras.

Tudo o que pudesse ser aproveitado das demolições apressadas nas obras novas vinha para o porto.

Residências e lojas mudavam-se de bolo com as seguranças dadas aos da terra.

Apenas um acréscimo nos últimos redízimos decretados foi tudo o que aconteceu a maior...

111

Quando meteram Rosa Cambaio numa carreta, com seu galo e seus dentes brancos como bagos de graviola se desmanchando de maduros no sujo da noite, não houve *Língua* que lhe explicasse dos porvires. Nem o capitão.

— Se mecês, cambada de excomungados, querem me levar pra algum canto, por que não me levam pra Corte?

Como não levaram Rosa Cambaio pra Corte, ela tratou de arranjar no Recife mesmo alguns pés de porta que lhe dessem boa vista para as águas do rio e que durante o dia pudessem ser alternados com as pinicações do sol...

112

Na vila abandonada, coqueiros assanhados, fugindo dos pomares, perdiam-se pelas praias até o último pontal.

No elevado, em cima, a vegetação era um luxo.

Assim, vista do mar, Olinda ressumbrava tranqüilidade.

O casario, alegre de sol, grimpava pelas encostas. O comércio dos judeus, à beira-rio, historiava passados. O casarão de Pedro Saavedra, já sem as portas, empinava-se no desajeito de menino crescido demais.

Tudo pitoresco! As torres das igrejas... tudo gostosinho de ver!

As vidraças francesas do Solar de Marim — um luxo de vidraças — não faiscavam mais no direto do sol. As vidraças também tinham ido para o porto!

Mas que falta fazia aos pescadores cansados da labuta nas ondas, mãos gretadas, comidas pela carreira constante das linhas de pesca, barriga pobre desde a madrugada distante, que falta fazia aos pescadores aquela faiscação vermelha na quebrada da tarde!

Lá mais no alto do outeiro, dominando a várzea, estava o quadrado duro do Colégio com sua ladeira de pedra.

Assim, vista do mar, Olinda ressumbrava tranqüilidade...

113

A manhã era de novembro de 1631.

Waerdenburch chegou à vila acompanhado de seu Estado-Maior.

Olhou tudo. Andou por entre as casas.

Espiou muito tempo para o morro de onde tanto o hostilizaram as tropas de dom Matias.

Deu suas ordens.

Pouco mais, tomou ao istmo acompanhado de sua gente. Ia tudo quente na conversa de língua atravessada.

Antes da súcia chegar ao porto, mechas de alcatrão acesas começaram a ziguezaguear por entre as construções derruídas, vasculhando os becos.

Nos perdidos de um canto, levantou-se o primeiro fio de fumo escuro. Antes de engrossar no vento, novas espirais deram de se erguer de todas as partes, num fervilhado de jandaia em pé de araçá.

De preguiça, o fogo tomou vulto depois. Faíscas subiam açodadas pelo calor da queima.

Chamas assobiando fininho lambiam as paredes e sobravam no ar.

Fogo grimpou pelas encostas... fumaça danava-se no vento...

O dia foi de despropósito.

Noite chegada, a vila ardia inteira, na força da bravura.

Quando as casas, as igrejas, os sobradões começaram a ruir, poeira e carvão, esmaecendo chamas, infestaram tudo.

Dois dias depois, um peso seco acachapava a vila.

Olinda ficou parecendo uma nódoa preta nos sem-fim dos verdes.

Assim, vista do mar, Olinda não ressumbrava mais tranqüilidade...

114

Engraçado foi Pedro Saavedra vir chegando ao porto. De pelote domingueiro aberto nos gordos da barriga, o comerciante vinha dos interiores onde se escondera dos bíblias com seus bens, sua família, a honra das meninas, a cara comida de bexigas...

E vinha trazendo tudo de volta-carreira: seu dinheiro solto, seus jacás de galinha...

O respeito que as filhas alheias infundiam nos rapinos da Companhia dava-lhe essa confiança de ambição.

— Que Waerdenburch e seu almirante-chefe da Ordem Civil não perdoavam pescoço de homem que se metesse com filha-família, era notícia que varava sertão.

Logo que a carreta pesada de um tudo rangeu nos rumos conhecidos, Pedro Saavedra cresceu na satisfação: ia reabrir sua loja bonita, muito maior agora, no porto holandês.

O incêndio de Olinda e a promessa de que ninguém seria prejudicado num alfinete com a mudança foi o que decidiu o português a voltar na coragem.

Seu vocabulário flamengo se resumia em dizer "às suas ordens", "muito obrigado", "custa tanto" e outras frases indispensáveis ao reestabelecimento comercial. Isso, sem esquecer alguns desaforos para os mercenários de classe mais baixa.

Depois, com Maria do Amparo e Maria Rita, já em ponto de se machearem, Saavedra fazia plano de se tornar sogro de algum oficial de luxo no nascimento e na bolsa. — Pra que vida melhor?

Dia seguinte, já tinha se entendido com Jouer (rapaz de muita distinção e cortesia — contou à mulher mais as filhas).

Passada uma semana, já vendia seu côvado de pano duas vezes mais caro do que o povo comprava no judeu mais sovina do Recife.

Isso, apenas de provisório porque, mais pra lá, Pernambuco havia de ver o que seria uma loja decente!

115

O entesamento foi nos últimos dias do ano.

Ainda em 1631.

O conde berrou:

— Guarda-te, negro!

Calabar olhou firme por cima do napolitano:

— Guardado estou eu há muito tempo. Guardado de tanta besteira!...

— Petulante! Fora!

A coisa é que Calabar havia recebido a nova ordem de não se afastar mais do arraial sem licença.

Não se conformou e foi ao conde. A intenção era conversar no macio. Que culpa teve o mameluco daquele destempero? Respondeu:

— Olha aqui, seu conde! esbarra de gritar porque eu não sou escravo de vossoria.

O conde ameaçou com a mão:

— Tu sei molto, ma molto negro! Silêncio! Fora! — língua atravessada, Bagnuolo fuzilou. — Um passo além da praça significa deserção! Visto! Pena capital! — emborcou o resto da genebra do contrabando holandês, vermelho de raiva. — E não se atreva a falar-me diretamente! Io sono un superiore. Visto!

Calabar cuspiu pelo vão dos dentes. Pensou um bocado e decidiu-se:

— A gente se batendo pra sacudir mando estrangeiro... Tem jeito não!

Bagnuolo disparou a falar mais atravessado:

— Fuzileri, soldati, questo negro... prendam... — e apontava com o dedo trêmulo de álcool — Lui!

Ouvindo a ordem de prisão, Calabar espocou. Era como se estivesse vendo o porto faceiro de navios, riscado de ruas, casas bonitas, tropas formadas... Uma bandeira nova, diferente, sem a cruz de um Portugal que já não existia há mais de meio século, sem as armas prepotentes de Castela, sem as cores feias da Companhia das Índias... Uma bandeira da cor do céu, das matas, do mar de Pernambuco... Da cor do futuro... Uma bandeira festiva como os cajueiros velhos. Soberba como as palmeiras altas...

— Vá prender sua mãe, seu cachorro bêbedo!

Rápido, voltou-se para a única saída da paliçada. Na fúria, ergueu a cabeça violentamente. O ímpeto deitou por terra um dos infantes que acorreram ao chamado do conde. De um salto, largou o solado do pé nas barbas ruivas de outro mercenário, derrubando, nos punhos coléricos, mais dois ou três.

Clavinas e mosquetes rolaram pelo chão da praça-forte numa confusão de chamados e gritos.

O barulho ficou pra trás.

Já do lado de fora, Calabar cruzou com Henrique Dias:

— Corno duro! Fique ciente que tô me passando nessa hora! Se um dia toparmos, os dois, barulho de fogo, eu mais tu ou Camarão que é só quem eu respeito mais, pode crer que, se a vitória não for minha, também não levo vergonha pra debaixo da terra!

O outro ficou olhando Calabar sumir na caíva. Depois, foi levantando devagar o canto do lábio de cima até mostrar o branco dos dentes. A cara tomou um jeito mau de ferocidade:

— Possível?! A gente quase nem acredita!...

116

Calabar chegou ao convento dos franciscanos, na Ilha dos Navios, transformada em Casa de Comando do Governo Holandês.

Nenhum dilema!

— Sentinela! — foi chamando. — Sou Domingos Fernandes Calabar. Venho do Campo Real do Bom Jesus. Quero falar ao general Waerdenburch. Já!

O soldado arregalou os olhos. Primeiro, saiu de banda, na indecisão. Depois, voltou-se, tornou ao mesmo lugar, fez uma continência sem muito sentido e entrou desarvorado.

Voltou com Jouer, o *Língua*.

— O Conselho Supremo está reunido agora... A reunião não deve ser interrompida — Jouer explicou com um pouco mais de serenidade — mas o tenente Wtenbogert terá o máximo prazer em recebê-lo, senhor Calabar... Recebê-lo com maior satisfação...

— Nada tenho a dizer a esse moço. Espero terminar a reunião do Conselho! — e foi entrando na frente de Jouer.

117

Quando o tenente-ajudante Wtenbogert foi avisar ao chefe-geral, Calabar, já senhor do caminho para a sala, tomou-lhe novamente a dianteira e entrou sem se importar com o cerimonial.

Dezenove oficiais superiores rodeavam uma grande mesa na sala da capela antiga.

Aberta sobre a grande mesa, datada de Amsterdão, uma carta deixava claro a gravidade do assunto discutido.

A carta era da Administração-Geral e se alongava rebelando-se contra o aspecto econômico da invasão. A coisa não era novidade. Da Holanda, queixavam-se do marasmo nos trabalhos, da deficiência no recolhimento de mercadorias e impostos, do relaxamento na disciplina, do desinteresse do Governo Civil de Pernambuco, das forças armadas, da inércia geral e terminava: — "... e por essas ocorrências, não parece bem aos responsáveis pela Companhia das Índias continuar na empresa do Brasil de tal maneira aventurosa para aqueles que lhes depositaram sua fé mais do que seu dinheiro."

Também como sempre, antes do final, a desagradável carta deixava fresta aberta aos destinatários, para o prosseguimento da conquista: — "... esperando que novas notícias tragam breves motivos de maior júbilo..."

Jouer não entrou. Ficou na porta batendo as mãos espalmadas nas coxas, num gesto de impotência. Então, todos se calaram e ergueram os olhos numa surpresa sem termo para o homem que ousava interromper a sessão secreta.

— Senhores! — Calabar não permitiu que Wtenbogert pronunciasse qualquer palavra. Ante tal atrevimento, os dezenove oficiais levantaram-se. — Senhores, deste momento em diante, a Companhia das Índias poderá contar comigo na luta contra Castela! Muito bons dias, senhores! Eu sou Domingos Calabar!

Ninguém se moveu.

Espanto se transformou em satisfação e alívio quando Waerdenburch se dirigiu ao intruso e, olhos brilhantes, apertou-lhe a mão:

— Creia o senhor Calabar que, há muito tempo, esperávamos todos por esta honra e por esta deliberação de vossa inteligência. Felicito antes a mim e aos meus companheiros de ideal pela hora chegada. A evidência de tão grande lealdade dispensa-nos qualquer pergunta.

Calabar estava rijo. O queixo levantava-se vigorosamente.

Waerdenburch apressou-se nas apresentações:

— Meus amigos, apresento-vos o senhor major Calabar, um homem que nos há de ajudar decisivamente na obtenção da vitória que tanto temos buscado. — O comandante-geral dirigiu-se a seu ajudante: — Tenente Wtenbogert, prepare o diploma concedendo a patente de major de nossas forças ao senhor Domingos Calabar. Traga-o imediatamente à minha assinatura.

A sessão continuava em suspenso. Um por um, os presentes se apressaram a levar seu cumprimento ao novo major. Após o desfile, Waerdenburch tornou a seu lugar na cabeceira da mesa:

— Major, como vê, começo por cumprir com o que prometi a vossa mercê por intermédio do mestre João Sampaio — Calabar já entendia bem o flamengo. — Reiniciaremos nossos trabalhos — prosseguiu o chefe — já agora na presença muito oportuna do major. Estávamos discutindo exatamente...

— Comandante Waerdenburch — Calabar interrompeu —, não vim aqui atrás de patentes. Vim porque estou convencido que este é o caminho certo para o futuro de minha terra. Antes de qualquer ato meu em favor da Companhia quero escrever a dom Matias de Albuquerque Maranhão comunicando-lhe...

118

Em um compartimento isolado, servido de penas novas, o major escreveu sua longa carta.

De vez em quando parava, mordia a unha do polegar, pensamento variado.

Antes de terminar, recebeu de um fuzileiro, numa bandeja cinzelada, seu bonito diploma em azul e preto.

Nem leu.

119

Dia seguinte, Calabar assumiu o comando de trezentos homens para o ataque planejado a Igaraçu, de onde se comprometeu a trazer os dobrões de ouro, os cruzados e as alfaias que tanta falta estavam fazendo à Administração-Geral.

Era no ataque que pensava quando, interrompendo a carta para dom Matias, mordia a unha do polegar.

120

Dom Matias leu o que Calabar lhe mandou dizer no alpendre mesmo. Pensou e brandiu sua zanga.

— Agora, temo-la travada!

Quando soube que a gota d'água de tudo aquilo foi a intemperança do conde, completou a oração:

— Esse filho das unhas já está mijando fora da pichorra!...

121

Logo depois de jantar (grandes conservas e queijos holandeses) o novo major saiu com sua tropa a caminho da vila incendiada. Queria representar em Igaraçu pela manhã, durante a missa. Atravessaria as ruínas de Olinda de passagem. Fazia parte do plano.

Saavedra soube de tudo e se danou. Recém-instalado no Recife, suas coisas ainda não estavam nos justos lugares e, pelo jeito, agora com Calabar do outro lado, quem sabe?

— Mal vai o barco! — disse para a mulher.

Loja na rua dos Judeus, bem no caminho, vista para o rio dos Afogados, já tinha vizinhos e o negócio prometia.

Mas, com o imprevisto...

— É cortar-se o mal pela raiz! — começou a conversa com Sebastião Souto. — Mandei-lhe recado porque...

122

No corre-corre de reabrir seu comércio, Pedro instalara-o, de provisório, separado da residência. Coisa de noventa braças, com a barbearia de mestre João Sampaio de permeio.

A loja era só um salão e, nos fundos, um reservado para os negócios de mais vulto ou de menos clareza, previstos e delineados.

Não havendo janelas, para que seu reservado não ficasse muito escuro, Saavedra mandou rasgar a portinha estreita, do lado, até em cima. Encheu o vão com uma comprida bandeira de vidros franceses.

Rosa Cambaio se arranjou junto àquela porta.

A residência ficou sendo, de provisório também, num sobrado velho de Pedro Farinha, até então servindo de trapiche aos açúcares fabricados em seus muitos moinhos.

123

Sebastião Souto era primo de Calabar. Primo remoto. Homem de má reputação, 30 anos, incapaz de trato honesto. Porte mau, precocemente gasto pelo álcool, dois gerontoxos asquerosos nos olhos mortos, causava mal-estar a todos quantos o viam esquipando em seu cavalo pelas ruas do porto e arredores.

Sebastião Souto gostava de deflorar negrinhas e era um bom cavaleiro. O povo sabia que, por causa de uns arreios, já havia matado um compadre, friamente... friamente...

124

Calabar tinha passado com seus homens pela rua da Praia quando dois cativos fortes trouxeram latas d'água para a casa de Saavedra. Passaram as latas à mucama de Maria Rita. A mucama encheu a bacia do quarto dos fundos, uma alcova forrada com oleados, e a menina se preparou para o banho.

Lavou-se e enfiou por sobre as anáguas de goma o vestido de pano azul, brocado de fio muito fino, chegado da Holanda pelo último barco entrado:

— Pelo menos esses ateus sabem ser bonitos e escolher panos mais bonitos ainda! — reconheceu a nativinha atando uma volta de ouro no pescoço rosado.

Com o tempo (e com o ajeito que ia havendo entre invasores e os da terra) já não se tinha mais precisão de ocultar valores. Quando a menina desceu para a casa de jantar, já estava querendo escurecer.

Gente de fora, na mesa, só Sebastião Souto.

Rita estranhou aquela intimidade desconforme.

Tomou a bênção aos pais, fez a mesura do protocolo e começou a tomar a sopa.

Servido o peixe, Maria Rita percebeu que o pai falava da aventura de Calabar. O coração apressou nas pancadas.

Terminada a refeição, a mãe se retirou e a irmã foi dedilhar em seu virginal inglês.

Rita, desassossegada, apanhou um livro (presente de Jouer).

Era um bonito volume e a moça folheou as estampas.

Na página em que dom Quixote, vencido pelos moinhos, era desembaraçado de sua armadura ridícula pela fidelidade de seu escudeiro, o livro ficou aberto. (Quando o livro chegou da França, o pai se gabou de parentesco com Cervantes. Naturalmente, por causa do Saavedra de sua mãe aventureira.)

Souto e o comerciante prosseguiam falando de Calabar. Rita sentia-se estranhamente presa àquele nome. Tinha a impressão que sua vida era tanto dele como o fora a de Bárbara. O mulato atraía seus pensamentos de forma assustadora. Muitas noites, cada vez mais freqüentes, dava de acordar a meio sono com o mameluco na cabeça. Nessas ocasiões, rememorava conversas, lembrava o fim de Bárbara idealizando-se no lugar da cabocla, sentindo-lhe a filha, o desespero, o amor.

Então, quando isso acontecia, rolava-se na cama até que os galos clarinassem nos quintais. Levantava-se deprimida, cabeça doendo, vagos remorsos...

Felizmente, os pais não a casavam embora a mãe, volta e meia, falasse-lhe na fidalguia elegante do capitão Jouer.

125

Rita subiu tarde.

Acordou tarde.

O pai já tinha ido para a loja quando ela desceu para o seu mingau de inhame.

Amparo é que lhe contou ter Sebastião Souto pernoitado em casa. Comentou o despropósito:

— Sabe? Combinou com o senhor Pai... Vai ao encontro de Calabar no caminho de Igaraçu. Vai com parte de ter um particular e matá-lo! O homem tem é muita coragem! Se sair vivo, o senhor Pai dá-lhe as meias em tudo o que tem... Eu escutei toda a conversa... É capaz até de querer dar uma de nós para mulher...

Rita se arrepiou. Percebeu a malícia do pai que, assim, sem arriscar nada, ver-se-ia livre de Calabar. Sem arriscar nada porque Souto não voltaria nunca mais da empreitada...

Calabar não podia morrer! Ainda sem saber muito bem o que iria fazer, Rita chamou a mucama e correu para a loja.

A porta estava fechada.

Rosa Cambaio avisou:

— Tá'i, sim. Mas porém se eu fosse a menina ia s'imbora! Hôme, quano tá sozim, tá falando c'o Capeta! Famia é que nem mosca: trapaia! — o riso que veio fácil mostrou a ruma de dentes brancos.

Maria Rita olhou pra mendiga. Mandou, sem se importar com o aviso:

— Bata aí, Zefa! — mas, quando a mucaminha foi açoitar a madeira da porta, Rita pegou-lhe no pulso. — Não! Não bata! — Fina de ouvido, tinha percebido voz de mulher dentro do reservado.

Abaixou-se, tentando ver pela fresta. Não conseguiu o que queria. Ajustada de novo, a porta cerrava bem.

Tinindo curiosidade, colou a orelha na folha taramelada e escutou a risada muito aberta de Adelaide.

No desespero, rompeu-lhe uma idéia.

— Agacha aí, Zefa!

A pretinha se pôs de quatro. Rita trepou-lhe no dorso e espiou pela bandeira comprida de vidros franceses:

— Oh! — tapou a boca com as mãos.

Desequilibrou-se e desceu de um pulo.

A cabeça parecia ter estourado por dentro. Fogo levantou, comendo a figura retorcida da mulher do Lampreia enlaçada pelo pai por sobre os sacos gordos de farinha.

Primeiro, pensou na mãe, boa, boa... Na mãe anulada pela prepotência de Pedro Saavedra. Um desejo sem termo de vingança desmanchou a cena.

— "Combinou com o senhor Pai... é capaz até de dar uma de nós para mulher..." — era a irmã contando tanta desilusão e sofrimento.

De repente, imaginou-se afogada por Calabar por cima dos sacos gordos, rindo como a mulher do alcaide.

Derruindo como barranco caído, o pai tomava a forma de Sebastião Souto atirando de fora nos dois.

Nunca que Calabar se abraçaria assim com Adelaide! Num minuto, Rita fundiu todos os sonhos que tivera com o mulato. Só então certificou-se que amava totalmente aquele mestiço desabusado!

Rosa Cambaio estava olhando. Disse pro galo:

— Moça gosta de caçá enredo... Bem faz tu, fio, que anda com esses zoio fechado!

Maria Rita, coração acordado de estalo, largou-se na carreira. Zefa foi atrás.

Junto à porta de João Sampaio, a menina reconheceu o cavalo garboso de Sebastião Souto. O impulso levado deixou a idéia de voltar para casa no atraso dos caminhos.

O cavalo, bem ajaezado, estava pronto para a jornada da traição. Aproveitando a força da carreira, Rita galgou-lhe o lombo.

Boa cavaleira, largou-lhe os calcanhares no vazio das ilhargas, colhendo as rédeas com uma virilidade impossível para seu porte miúdo.

O bicho empinou com o susto e saltou de lado. Rita desceulhe nas ancas o chicote que encontrou preso na argola da sela.

Com outra forte empinada, o animal varou a rua num átimo, enfiou na decisão pelo caminho de Olinda e perdeu-se na poeira do istmo.

Perdeu-se na poeira...

126

Hora depois, Rita já ia muito além da vila incendiada, levando a idéia de alertar o mulato, de mistura com todas as idéias.

Não tinha lugar para refletir na doidice do que estava fazendo. A figura do pai, ora contratando a covardia, ora enrolado com a mulher do alcaide, lavrava em seus pensamentos como incêndio em mata seca.

Calabar, ao contrário, erguia-se nos olhos da imaginação escaldante, quase bonito, viril em seus cabelos estranhamente louros, em seus olhos estranhamente garços. O perfil do mulato crescia em imponência, sobrepondo-se à cena triste do pai agarrado com a mulher de Basto Lampreia. O cavalo galopava doido. Sorte era encontrar a força holandesa de volta de Igaraçu! Mesmo assim, não haveria como regressar à casa antes de noite fechada. Maria Rita, avisando Calabar do perigo, pouco se importava com o que sucedesse depois.

No galope, sentiu sob a nádega uma pressão dura. Sondou com as mãos sem colher rédeas. Era o cabo de uma pistola de cinco canos em rosácea. Estaria bem carregada! Seria a arma para a emboscada! Nos arrumos, Rita deu mais com um papel entre a cartucheira e o selim. Abriu pela dobra: — "... mais certo é esperar no sítio de Antônio Matias... fácil o encontro ao entardecer..." os TT bicortados num capricho de caligrafia.

A moça meteu o papel amarrotado dentro do corpinho justo.

Entardecendo, já estava! — pensou Rita. — O covarde do Sebastião Souto ia mandar alguém em seu lugar para consumar o crime. Em seu próprio cavalo! Se quem fosse — talvez um miserável em troca de oito ou dez moedas — fosse malsucedido, a pele do canalha deflorador de negrinhas estaria bem salva, senão... — Pulha! Maria Rita tomou altura:

— Entardecendo, já estava!

Antônio Matias era logo adiante. Conhecia demais o sítio do padrinho da irmã.

Na sarabanda das crinas zunindo no vento como labareda assanhada, o cavalo de Sebastião Souto soltava bocados de espuma nas mordidas do freio, suor branqueando no roçado das rédeas, recendendo nos baixos do sexo inteiro.

Subitamente, Maria Rita levantou a carreira do bicho e achou melhor sair fora do caminho geral.

Tinha muita precisão de arrumar os pensamentos.

Não arrumou.

Apenas quebrados os primeiros galhos secos sob as patas nervosas do cavalo, dois fuzileiros seguraram-no pelo barbicacho.

Apavorada, Rita viu que a levavam por uma vereda escondida na mata.

Um dos captores puxou-a pelo calcanhar nu — pois havia perdido uma sapatilha no vento da carreira — e apreendeu-lhe a pistola bem à vista.

Constatando que a pistola estava carregada, o soldado deu de falar em holandês.

Dois minutos e a moça ficou cercada de vários mosqueteiros. Um, baixinho, convidou-a por gestos a apear-se.

Era o superior do bando.

Rita obedeceu-lhe mas, com o movimento, deixou cair o bilhete de Sebastião Souto. O baixote apanhou-o rápido. Juntou-o à pistola apreendida e retirou-se, comido por um tronco bojudo de jatobá.

Então, chegou um *Língua*. Rita não o conhecia.

— Sabe qual é a ordem para quem tenta emboscada? — foi logo perguntando com raiva, como quem é interrompido num jogo de cartas.

A voz era ríspida. Tornou-se ainda mais ríspida:

— Morte!

Foi como um estalo. Pelo burburinho que se ouvia, Rita percebeu a proximidade do acampamento.

Rendida e desorientada, sentiu o sangue se misturar dentro da cabeça.

— Morte! Morte? — Até então nunca tinha pensado em ouvir aquela palavra. Morte? — Que significação teria aquilo tudo? Pensava era em regressar antes da noite...

— Eu não estou fazendo emboscada para ninguém — explicou surpresa ao oficial baixinho. — Não vim... matar ninguém!

— seria possível que o homúnculo pudesse suspeitar de que ela...?

— Vim só avisar a Calabar... ao senhor Calabar... Avisar, entende?

— Avisar quê? — O *Língua* está furioso. — Avisar com arma carregada? Com roteiro? Por dentro do mato?

Rita, em pé no chão, não sabia onde meter as mãos. Nisso, Calabar saiu de trás de uma ramagem densa e baixa.

Aproximou-se devagar trazendo a pistola e o bilhete.

Aquele homem monstruoso não podia ser o namorado de Bárbara que ela conhecera... A farda horrível. O olho duro, cheirando a ódio, o jeito mau da boca...

— Uma Saavedra a dar-me cabo da vida! Tem graça? Tem muita graça mesmo! — a voz rouca, bárbara, dessorava sarcasmo. — Uma cascavel... grande figura! Uma...

Rita não conseguia articular palavra. Desamparada, não podia reconhecer aquela mesma voz que lhe dava bons-dias quando, junto de Bárbara, passeava na beira do rio em tardes quentes.

Mais pequenina ainda ante o ar cruento do major holandês, teve finalmente a impressão real do que era uma guerra. Calabar era a incontemplação. Era vingança:

— Do lado de teu pai não há homens? Não há homens? — berrou agitando o papel nervosamente. — Têm medo ou os porcos pensaram que tu te havias de sair melhor da empreitada? Claro! Uma senhora sempre tem mais possibilidades... Claro! — o sarcasmo prosseguia num crescendo. — Não admira que um cão exponha a própria filha!... Encorajou-te, confessa! Vamos, confessa! Pensa que não tenho mais o que fazer?

Estrangulada mais pela surpresa do que pelo susto, a prisioneira sentia o bafo das injúrias sacudir-lhe no rosto respingos de aguardente.

Afogada no terror, nem tentava mais falar. Era preciso acordar daquele pesadelo horroroso. Era preciso voltar para casa quanto antes...

E se tudo fosse verdade? Como voltar? Como acordar? A que horas chegaria à rua da Praia? Não! Era um pesadelo. Sem dúvida, era um pesadelo! Calabar não seria nunca assim. Aquilo era de mentira! O major holandês não era Calabar. O Calabar de Bárbara! Não! Não podia ser!

— Tu és o vilão de teu pai! Filha de serpente é serpente!

O berro sacudiu-a para dentro da realidade.

Calabar apertou os olhos bêbedos até transformá-los em riscas coruscantes. Mirou Rita demoradamente. Rita abria e fechava a boca mas não conseguia emitir qualquer som. As palavras não saíam, não se formavam... Por fim, após tremendo esforço, a frase estouvada:

— Eu não queria, não senhor... Eles queriam matá-lo... Sebastião Souto queria... Então, eu vim...

A ordem brutal se interpôs aos soluços da menina:

— Ao cepo!

Maria Rita não entendeu a ordem. Torcia as mãos numa aflição por não poder falar. Calabar repetiu mais forte:

— Ao cepo! Soldados, ao cepo! — desta vez em flamengo. Voltou-se brusco e se retirou para o acampamento. Não olhou para trás.

Rita percebeu-lhe o suor da túnica, a lama das botas, o pescocinho de pano sujo... Pensou no pai com Adelaide nos fundos da loja, Rosa Cambaio sentada na porta... "— É que nem mosca..."

De repente, a palavra CEPO começou a tomar forma e a crescer dentro dela. Ecoou-lhe nos ouvidos como se tivesse sido proferida por mil vozes em mil tons. A falha de dentes de Calabar transformou-se numa caverna enorme, cheia de escuridão. Uma caverna tenebrosa...

Só quando os soldados agarraram-na furiosamente, o pavor deixou-a liberta. Conseguiu romper aquela inibição detestável. Então, gritou:

— Senhor Calabar... Senhor Calabar... Espera! Eu vim foi avisá-lo... preveni-lo de que Sebastião Souto vinha para matar vossa senhoria... Eu vim só...

Rita acumulava seus rogos numa pressa de reaver o tempo perdido, atabalhoadamente. Tarde já. Era como se pudesse ser compreendida pelos brutos que a retinham numa festa pagã.

Homens desfigurados pela embriaguez arrastaram-na para junto de um tronco decepado de sapotizeiro.

— Vosmecês não me compreendem? Chamem o senhor Calabar pelo amor de Deus! Senhor Calabar! — os gritos ecoavam longe. — Eu vim só avisá-lo... Meu Deus do céu!...

Um baque e os gritos de Maria Rita silenciaram dentro da mata como tinido de araponga flechada bem na curva da asa.

127

Dias depois, Calabar atravessou a rua dos Judeus com seu tope preto de major da Companhia. Vinha da rua da Praia.

A farda era nova. As botas brilhavam no verniz do couro e o chapéu de veludilho (que ostentava bem no alto o tope preto de major da Companhia) tinha vindo recentemente de Amsterdão.

Na porta da loja de Pedro Saavedra, parou arrogante.

A loja estava fechada desde o repiquete da desgraça. Calabar sentiu os soldados lá dentro.

No degrau da porta que dava para a entradinha lateral, Cambaio acarinhava seu galo:

— Povo anda dizendo que mataro a menina de sô Pedro... — Rosa franziu a cara como se a claridade da manhã fosse muito forte — verdade, Calabar?

Calabar olhou.

— Me conte! Me conte, Calabar. Tu é surdo? — Rosa insistiu.

— Sei nada não, Rosa.

— Tu anda, agora, com essa roupa de adeleiro das nojeiras... Tu se passou? Por quê — o olho estava longe, no rio. — Por que tu, lá no mato, queimou os outros que se passaram antes de tu?

O major ficou quieto.

— Oi! E não fui eu que levou o pez da casa de João Sampaio? Tu já esqueceu, Calabar? Por que tu queimou os outros que se passaram antes de tu? — a cabeça da mulher foi baixando até encostar no galo. — Tu matou a menina?

— Mentira do povo, Rosa. Mentira...

— Povo diz que mataro a menina... Se não foi tu, quem foi?

— Sei lá... Mataram. Mataram, sim... Algum marinheiro...

— Marujo das Holanda que nem tu agora?

— É... foi... foi isso mesmo... Adeus!

— E tu achou graça de se passar pra essa raça de capeta? — a cabeça se levantou de novo.

Calabar foi-se embora enjoado.

— Tudo mesma peste! Um me paga pelo outro! Me paga! — o galo estava com os olhos fechados, cheios de pipoca. — Paga não, bichinho?

Chegando ao fim da rua, Calabar se voltou para ver as duas colunas de fumaça que saíam, entre fagulhas alegres, da residência e da loja de Pedro Saavedra.

As casas ardiam bonito!

Do comerciante e da família, ninguém teve mais notícias.

128

Outro dia, Calabar saiu para reiniciar suas hostilidades contra os do Campo Real.

A aventura de Igaraçu fora muito fácil. Não merecia tanto agradecimento e admiração de seus novos chefes.

Os holandeses exultaram demais!

Verdade que a perfídia do ataque durante a missa (padre Carmelo com as mãos na cabeça, a sacudir a batina; mulheres gordas em convulsões, sobretudo mulheres gordas; fazendeiros e donos de moinhos a xingarem numa valentia; rapazes de sangue quente a enfrentarem a força, a morrerem lutando...), o ataque durante a missa rendera boa colheita de ouro fino, mas tinha sido só!

Nem sangue se perdera além da conta!

129

Nas escaramuças que se seguiram à ordem de Matias de Albuquerque de confisco total aos bens de Calabar, o mulato só se preocupava em ensinar a seus homens como guerrear pelos matos contra a manha multiforme dos nativos. Ensinava-lhes mil artes para impedir os constantes incêndios dos canaviais da redondeza, ateados pelo heroísmo de seus donos fiéis a Castela.

Os incêndios davam tremendo prejuízo quando dos saques e, sem dúvida, eram uma das causas principais do descontentamento da Administração-Geral, pois diminuíam sensivelmente a exportação do açúcar.

Calabar gostava de prevenir seus novos comandados contra as escaramuças do negro Dias e do valente Camarão, sempre as mais perigosas.

Mas o novo major já começava a se afastar um pouco mais das seguranças do porto. De cada volta, trazia um trem de cargueiros atopetados de dotes e mantimentos para a alegria dos invasores.

Isso sem falar no açúcar que sempre achava maneira de apreender algumas caixas prontas para embarque.

Pelos arredores, mesmo os mais distantes, o desertor pilhava tudo o que representasse alguma valia.

Mas, quando na quebrada do dia, se debruçava sozinho sobre as águas do rio, garganta queimando pelo excesso de genebra, ficava pensando nas ofensas e humilhações sofridas de seus antigos amos.

O grito de Bagnuolo chamando-o de negro ficava parado no ar enquanto seus planos de vingança se multiplicavam ao infinito.

Então, idealizava uma outra farda nova, mais bonita e mais cheia de brocados.

130

Vinha da Bica. Da encomenda de uma cal para o asseio da casa.

Ficou ciente do esbagaço de Maria Rita na porta de João Sampaio.

Quem contou foi alferes Juca Alhano, amigo toda a vida do major.

A voz da novidade saiu pelo beiço fendido até a raiz da venta, mostrando os dentes trepados dentro do aleijão.

Saiu como vento em fole rasgado.

Padre Estêvão das Santas Dores ouviu a brutalidade no jeito de caso contado em senzala.

Assim como roda rodando não pode parar de estalo, o solavanco que a notícia deu nos dentros do padre varou-lhe as fressuras sem espantar o magote de pensamentos trazidos da viagem.

Durante um momentim, Santas Dores ainda ficou agarrado aos cálculos da encomenda feita ao caieiro da Bica.

Uma teimosia das idéias!

Quando, no repiquete, o lampejo da realidade alumiou sua cabeça por dentro, o padre fugiu dele mesmo, só dando tempo a que Alhano o gadanhasse pelos sovacos.

Voltando, voltou mofino.

O fim da menina veio junto, representado no clarão de um tiro.

A morte de Maria Rita estava ali, mas as certezas só chegaram depois, num desencontro sem termo.

Na misturação do desespero, Santas Dores desandou a se lembrar da Espanha: dona Maria Calixto, uma viúva muito seca, muito de preto, de um luto que aborrecia como defunto fresco; dona Maria Calixto, muito da casa da madrinha, resolveu entrar-lhe pelas idéias como coisa de todo dia.

Do luto de dona Maria Calixto, o pensamento deu de sarapintar pelos anos mortos. Sossegou no seminário. Parou outro átimo na viagem para o Brasil, já padre feito, já odiando o cheiro bárbaro da terra nova, dos cajus... Largou-se, depois, nos serões do Solar de Marim... Dom Matias... Dali, foi para a cara de Pedro Saavedra toda comida de bexigas. Desembestou, por fim, dentro daquela guerra desconforme e só foi inchar de uma vez nos cabelos pretos de Maria Rita.

A visão riscou definitiva no talho da cena: a cabeça da menina rolando solta, tufos se desmanchando nas topadas do chão, para findar em cachoeira negra como no dia da festa dos jesuítas.

Santas Dores viu direitinho os olhos da menina ainda meio abertos, com terra presa nas lágrimas que não chegaram a cair.

Terra do chão! Havia muito chão em Pernambuco! Chão que não acabava mais...

Santas Dores achou maluca aquela ingerência de chão comprido na desgraça de Maria Rita. Então, deu fé de que estava na porta de João Sampaio, conhecendo o despropósito pela boca lascada do alferes Juca Alhano. Estava de volta da Bica, da encomenda de uma cal para o asseio da casa.

Como Juca Alhano insistisse no auxílio, no amparo ao delíquio, Santas Dores esculhambou Juca Alhano.

Percebeu que acudiam com uma caneca d'água adoçada: esculhambou também quem acudia e, como ofensa, pinchou a caneca no chão.

Empurrando o povo ajuntado de besta, se largou numa firmeza de passos tão firme como fingimento de fortaleza.

Quando saiu fora, já andava um escurinho de noite.

Santas Dores abriu os braços como no *Dominus* e desesperou-se de uma vez.

Cerrou as mãos com força e sacudiu o gesto para o mar, para o céu, para as casas, para todos os cantos.

— Diabo leve! Que Deus esse que goza tanta da perversidade?!

Logo, cresceu-lhe uma satisfação miserável: Maria Rita tinha morrido sem conhecer calor de homem!

Danou-se no remorso de ter desperdiçado tanto momento passado, momento fácil de sestear aquele corpo, agora decepado da cabeça. E tudo porque, em cada oportunidade, surgia sempre um diabo de sentimento espasmado para torar a arrancada da doidice. Depois, eram aquelas horas de vigília, de vontades, de escrúpulos, de arrependimento sem causa de corpo, de ternura e revolta, de tonteiras de safadeza...

De que valeu tudo? Tanta honestidade?

O que tivesse acontecido seria passado agora... e passado é passado!

Não fosse aquele sentimento sem graça que não era respeito nem medo, nem fé, nem coisa alguma que lhe desse peso, quem ia suspeitar de uma coisa que já não existia mais? Que contratempo poderia sobrevir se, numa daquelas ocasiões tão fáceis, as mãos da sede se perdessem nas carnes da menina?

Agora, vinha-lhe a certeza de que Maria Rita não esperava por outra coisa, na ansiedade do sexo, venta inflada como se estivesse sentindo cheiro de cajus.

Lembrava-se em pormenores de momentos determinados: um dia, dia de missa em São Telmo, ela levara-lhe sequilhos de goma e, no sorriso do oferecimento, havia carinho e submissão. Outra feita, com parte de saber notícias de Penha (a ama curava uma erisipela), entrara-lhe pela casa adentro.

Penha tinha saído. Ficaram os dois a sós. Maria Rita, com sua pinta sobre uma das sobrancelhas que tanta graça lhe dava, caçoou da pobreza do casinhoto, da cama pobre... Mexera-lhe no armário.

Se, naquele momento, os dois tivessem deixado os instintos sem peias, o mundo sumia emborcado na felicidade!

Pudesse fazer voltar o tempo... Como voltar o tempo se o sol de cada dia só aquece aos que vivem cada dia?

Amanhã é tão sem sentido para os que já morreram como para os que ainda não nasceram... Ele tinha vindo de longe... Encontrara-se com Maria Rita numa terra estranha, dentro do tempo, no mesmo pedacinho da eternidade... Estiveram juntos e tudo passara. Era como se tivessem vivido com intervalo de muitos séculos... Tudo passara como se os dois nunca se tivessem visto!

A dor de Santas Dores subia do ventre, se misturava no gosto amargo da boca. — Como seria o hálito de Rita, num beijo prolongado?

A saia de dona Maria Calixto sacudiu de novo as idéias do padre nos seus lutos sem fim, como se sacudisse para os sempres o amanhã de Maria Rita.

Numa vasta fome de sofrimento, Santas Dores deu de chorar tanto que teve de se apoiar à quina de um mastro que os invasores haviam erguido para iluminar um bocado da passagem.

Dali, Santas Dores abalou numa carreira desenfreada. Parecia um bicho aos uivos, guinando desejos vagos de fêmea, fazendo esvoaçar blasfêmias.

Na reta do caminho de casa, vinha de lá uma escrava de um judeu do Murici. Santas Dores reconheceu a escrava: era Aparecida, uma negrinha empinada pelos verdes da idade. Santas Dores reconheceu-a no passo desimpedido. Esperou-a chegar perto. Então, abaixou-se de sua altura magra e meteu a cara transtornada dentro dos olhos da negrinha.

Parecia máscara de assombrar o povo.

A cativa parou surpresa.

Santas Dores segurou-a pelos braços, magoando-a com a brutalidade.

Apeteceu-lhe o frio da carne serenada como se os braços pretos fossem do corpo rolado de Maria Rita.

— Que traz aí? — perguntou num grito despropositado.

A fula se assustou deveras:

— É um mel de guaripu, senhor padre... — e começou a chorar. Os olhos de Aparecida eram bonitos, assim, chorando... — Juro que cacei o mel no mato! Juro por Nosso Senhor que não apanhei em terra de dono, não senhor! Por esta luz! Juro pelo Corpo Santo... — gritava apavorada, presa, pelos braços. — Juro por esta luz que foi no mato!

Aparecida, chorando um horror, monco escorrendo da venta chata, pôs-se a pernear numa aflição, sempre agarrada pelos braços.

— Cala a boca! — a voz do padre esturgiu dura como uma detonação.

Santas Dores ficou rolando tempo sem deliberação. Fechou os olhos só perdido no tato dos braços serenados da escrava. No extravio das ações, a pintinha sobre uma das sobrancelhas que tanta graça dava ao riso de Maria Rita, turgida na presença, desceu pelo corpo vivo da menina que nem fogo em mata seca. Estêvão empurrou a negrinha pra dentro da soleira como se atirasse um fardo.

131

Velha Penha chegou da novena nos franciscanos pela conversão dos holandas.

Estranhou a escuridão.

Sobressaltou-se nos cuidados pela demora do amo:

— Ainda na Bica?!... — soprou uma brasa dormida no fogão e acendeu o óleo da lâmpada. — Será?... — suspendeu a exclamação: no quarto encontrou o padre estirado sobre os lençóis encardidos, olhos aloucados, fixos na esteira do teto como se estivessem vendo aquele escorpião que assomava, pinças arreganhadas, subitamente crescidas e sarandas à luz errante da lâmpada.

Um lenço enorme de linho cru cobria o Cristo crucificado na parede.

132

Na quarta-feira, quando a cal chegou (o labrego excomungando o calor, a estoupada da distância...), a casa andava por conta duns holandeses.

Santas Dores seguira para a Bahia, atrás das formas do nada, e a velha Penha — sua ama de um grande bocado — tinha ido viver pras bandas das Pitangueiras, em casa de uma comadre que vendia melancias e que vivia muito só...

133

No porto, Calabar crescia mais em valor para os neerlandeses do que floração no inverno.

De Amsterdão, chegavam mais cumprimentos e estímulos.

Chegavam presentes.

A verdade é que, só depois da aliança do mameluco desabusado, a sede deixou de reclamar mais atividade aos invasores, de exigir maior contribuição para seus cofres gulosos.

Calabar pensou nos Lagos Salgados quando recebeu uma bonita espada do senhor Maurício de Nassau, filho do "Stathouder" da vasta organização, que, pelo interesse demonstrado nas últimas correspondências, começava a se enamorar seriamente da graciosidade da terra.

Então, Calabar pensou nos Lagos Salgados...

134

Iam para o quartel.

Antes, estiveram no João Sampaio aparando os cabelos.

Calabar, com sua nova farda mais enfeitada do que o cavalo de São Jorge, estava contando a Van Schkoppe que, ao sul da Capitania, tinha umas terras muito melhores do que as de Itamaracá: Santa Luzia do Norte e Vila da Conceição seriam muito mais rendosas para a Companhia do que Igaraçu.

— Se Waerdenburch ficou tão contente com o mimo que lhe dei — o mameluco referia-se à tomada da ilha de Itamaracá —, vai é me botar num andor quando conhecer os Lagos Salgados!

Primeiro (era do plano) atacariam o portinho. Depois, a vila. Dali a Porto Calvo seria um pulo.

Calabar estava aflito por reaver seu prestígio na terra natal. Estava mais aflito ainda para ver outra vez seu rincão, suas posses, sua família: a mãe e a irmã.

— Se é que a ordem de confisco de dom Matias ainda não chegou lá... — Calabar pensou alto como se a conversa fosse parte do plano de guerra.

Deixou o amigo andando solto e desembestou a recordar suas engenhocas, seu gado pouco, mas limpinho, sua casa, seu tempo de menino...

A irmã, bugrezinha arreliada, havia de lhe contar tudo, por miúdo!

Mãe Ângela não falava fora da conta. Quem sabia lá o que Mãe Ângela tanto pensava no claro do dia ou no escorrido das noites?

Van Schkoppe, o major holandês destacado pelo conde para acompanhá-lo na missão, interrompeu o devaneio:

— Que peta foi aquela de seguirmos amanhã cedo para Perdões?

— Quem vai a Perdões amanhã cedo? — Calabar equilibrou-se no presente deixando pra lá as pieguices de Porto Calvo.

— Vosmecê disse... A verdade é que, como vamos viajar...

— Claro que vamos viajar, senhor Van Schkoppe! Não estamos com a tropa pronta para os Lagos? — os Lagos eram Lagos Salgados, a terra que era melhor do que Itamaracá: a Vila da Conceição e Santa Luzia do Norte.

— É que vosmecê deixou esclarecido no João Sampaio que tínhamos obras a Perdões...

— Então?

Van Schkoppe surpreendeu-se:

— Então? Vosmecê me pergunta! Então? Mas... vamos para o Sul! Para Manguaba... Para os Lagos...

Calabar perguntou:

— E o major não percebeu o carapetão? — achou graça no jeito desapontado do outro. — Vosmecês, holandeses, não têm malícia? Não sabem o que é traição? — o mulato se divertia com a ingenuidade do amigo. — Quer que nos delatem nos planos e nossa expedição seja envolvida por alguma emboscada de dom Matias?

— É que o Sampaio é um dos nossos... — Van Schkoppe não podia compreender o jogo. — Não vejo razão para ter lhe mentido, perdoe a palavra!

Prosseguiram caminhando. Van Schkoppe é que rompeu o silêncio, inconformado:

— O major desconfia de João Sampaio? (O holandês falava "Jan Zambaio".)

— Não... absolutamente! Não era dele que eu recebia os recados ao tempo em que eu era escravo de Castela? O Sampaio sempre me foi muito leal...

— Se o Sampaio é amigo... Se o major não desconfia do homem... Não! Não percebo nada! — Van Schkoppe riu por fim, abanando a cabeça.

— Justamente por ser amigo, major. Esses cirurgiões-barbeiros têm por costume responderem sempre mais do que se lhes pergunta. Pode calhar que, neste momento, lá esteja alguém de menos confiança, entende? Por ser ele um dos nossos, disse-lhe o falso para que, se falar, o tomem por verdadeiro. Se o mestre fosse castelão, dir-lhe-ia o verdadeiro para que o tomassem por falso...

— Grande manha! A mim, não admira se...

— Nunca se admire de coisa alguma, major! Tome por boa norma nunca se admirar de coisa alguma, seja de amigos, seja de inimigos!

135

A expedição saiu barra afora na gabolice faceira com que costumava sair qualquer expedição quando comandada por Calabar.

Nove dias depois daquela conversa de boa-fé e de má-fé, a tomada de Santa Luzia não constituíra uma grande empreitada para o gênio bélico do fabuloso mameluco.

De chegada, Calabar dirigiu matreiramente o afundamento de três navios pequenos que aguavam no lugarejo. Depois, penetrou no portinho com seu talento náutico, sob o bimbalhar assustado do sino da igrejota prenha de portugueses.

Desembarcou airoso.

Por acaso, só encontrou lusitanos e escravos. Nenhum mercenário de outra nação havia na aldeia.

Na tomada da rua houve um pouco de sangue jogado no mato. A compensação foi ruim: algum açúcar da pior qualidade e uns tantos cruzados pobres.

Português é que morreu um bocado, mesmo porque Calabar não levava muito em conta poupar gente da raça de seu pai.

Foi no dia seguinte que a Vila da Conceição teve a mesma sorte. Apenas não se deu afundamento de barco por ser canto mais fora de abrigo de mar.

Então Calabar danou-se por não ter conseguido nem a metade do esperado. Que teria a dizer a Waerdenburch? Os moradores sofreram o peso do engano! Morreram de bicho...

Então, o major concedeu-se um descanso para ir ver a irmã em Porto Calvo. Era ali de junto e Van Schkoppe ficou aguardando sua volta pescando cavala nos Lagos.

Calabar foi com duas dúzias de carabineiros mas voltou mais cedo do que pretendia e voltou azedo de uma vez.

136

— Moço, será que foi vosmecê que matou menina Rita?

Galo debaixo do braço, Rosa Cambaio desandou a fazer a mesma pergunta aos marinheiros louros que passavam pela rua dos Judeus.

Começo de noite, a rapaziada passava para as bodegas da praia, no aproveito da folga. Achavam graça naquela conversa que não entendiam nem no sentido interrogativo.

Na pândega, um deu-lhe duas moedas. Rosa abriu os dedos devagar deixando as moedas caírem no chão.

— Moço, será que foi vosmecê...

A pergunta foi noite adentro.

Minguante já trepava atrasos por cima do mosteiro dos franciscanos e Rosa:

— Moço...

Com o descaso dos outros, Rosa não se apoquentava. Dizia para o galo:

— Um me paga pelo outro... Paga não, bichinho?

137

Voltando, os invasores vinham bêbedos. Passavam de largo, enjoados daquela figura repulsiva, de seus molambos, de sua perna inchada, de seus pés sem os dedos que o ainhum levou.

Só os dentinhos de Rosa, sempre areados com um chumaço de folhas verdes, davam uma lasca de asseio no embolado nojento.

Rosa não se importava com o desprezo. Erguia-se, caminhava em direção a cada um que vinha:

— Moço, será que foi vosmecê... — e voltava a sentar sua obstinação na porta queimada de Pedro Saavedra.

Os holandeses foram se rareando na rua.

Madrugada, fazia hora que Rosa não topava flamengo para repetir sua pergunta angustiada:

— Moço...

O galo dormia nas suas pestes.

138

No último mocambo aceso, parceiros desmancharam o jogo de cartas. Um, muito velho, guardou o baralho sujo no bolso sujo e cada qual tomou o seu rumo.

Nisso, Rosa deu de olho num homem deitado ao comprido, no barranco do rio, mesmo na embocadura do arruado da praia.

Reconheceu a blusa azul de lona grossa.

Sem pressa, levantou-se mais uma vez, tomou o galo e foi caminhando para o holandês.

O rapaz curtia aguardentes com ar de menino solto, fora de casa.

Rosa ajoelhou-se junto, mais triste do que chuva em manhã de inverno:

— Moço...

Vento do rio misturava o cacheado louro do marinheiro num capricho de vadiação.

Rosa perguntou como se pedisse uma esmola:

— Moço, vosmecê matou menina Rita, moço?

O homem não se moveu. Dormia de largado.

Rosa tornou a perguntar, melando mais ternura na voz:

— Moço, meu filho... Foi vosmecê que matou?

Abaixou-se bem para ouvir a resposta que não veio.

Levantou-se, acomodou o galo no chão e voltou a se ajoelhar junto à cabeça do bêbedo:

— Vosmecê será o marinheiro que matou menina Rita?

Suspendeu a barba rala com o dorso da mão e alisou cheia de cuidados o pescoço muito alvo, ingurgitado pelo excesso de vinho:

— Sô Calabar disse que foi um marinheiro... Foi...

De um olho acanhado, correu-lhe uma lágrima comprida. Resvalou na saliência da cara e caiu no chão.

Rosa arreganhou bem os lábios como se fosse para mostrar todos os dentes brancos como bagos de graviola madura a se desmancharem no sujo da noite, mergulhou bem fundo a cabeça na garganta do rapaz e abocanhou-lhe as carnes com uma ferocidade bestial.

A convulsão foi tremenda mas Rosa não largou mais a presa.

De um salto, estirou-se ao comprido por cima do corpo embotado pelo álcool e sacudiu a dentada pra lá e pra cá, como tigre com fome a descarnar um osso.

Sufocada pelo sangue que esguichava aos borbotões do ferimento aberto, sentiu que os dentes não podiam se afundar mais na escara.

Soltou o bocado gadanhado, cuspiu apressadamente o sangue que lhe inundava a boca e mordeu mais abaixo, com maior impetuosidade.

A convulsão prosseguia inútil sob o peso do corpo da doida. Era como se o pobre marujo estivesse enleado por fortes embiras...

De nada adiantavam os arrancos cada vez mais fracos.

Novamente, Rosa Cambaio sacudiu a cabeça para alargar bem o rasgo. Então, mordeu na cara, no nariz, nos cabelos...

Quando os estertores cessaram de todo na inconsciência da dor, Rosa limpou os olhos com as mãos abertas, dando por finda a tarefa.

Apanhou o galo:

— Um me paga pelo outro... Paga não, bichinho?

Nem se voltou para o corpo do marinheiro. Perna inchada, pés sem os dedos que o ainhum levou, Rosa Cambaio foi se enrolar nos seus molambos, na porta queimada de Pedro Saavedra, mais ensangüentada do que rês no corte.

— Um me paga... — os dentes estavam estriados de sangue.

Madrugada encostou de mansinho e o sopro do mar foi apagar a última estrela no céu.

139

Mesmo trazendo velas pejadas dos trens da conquista, cascos afundados ao peso do saque, rangendo progressos, o mameluco sempre arranjou maneira de crescer seus presentes para a Companhia. Dos Lagos Salgados, pouca coisa trouxe na verdade, mas de Porto Calvo arrebanhou alguns outros e, dos arredores e aguadas por onde andou, trazia madeiras, pau-de-tinta, gêneros de boca, caças finas e muitas cabeças de gado, afora as miudezas... O que não podia era voltar de mãos abanando. Rangendo prosperidades, mesmo trazendo tanta benfeitoria, Calabar chegou furioso com a resistência passiva de toda a gente de sua terra natal.

Todos, em Porto Calvo, fugiram de suas indagações com a delicadeza do medo. Não apareceu povo de paz ou de guerra para lhe contar do fim da mãe mais da irmã. Nem mesmo cativo velho de seus moinhos (agora na mão de um preposto do governo castelo, homem da cara levantada em verrugas roxas) teve ciência para lhe dizer mais do que o silêncio dizia.

Como o preposto enverrugado, com a notícia de sua chegada à vila, havia sumido sua prudência nos mundos, Calabar só teve a satisfação de arrasar de novo os dois engenhos e arrecadar as caixas de açúcar armazenadas, esperando condução para a península.

Calabar gostou foi de tomar conta daquele açúcar novo, fabricado pelos castelos em seus engenhos!

No impulso da fúria, destruiu quantas benfeitorias de dom Matias e de seu povo topou pelo caminho, já que no lugar onde fora sua casa só encontrou o vão triste da derrocada.

Deixando a vila no eco soturno dos passos de seus subordinados em marcha militar, um moleque apareceu para lhe gritar:

— Traiçoeiro! Sô Domingos Calabar traiçoeiro!...

Gritou e correu mas, mesmo assim, mostrou ter sangue quente: não se atemorizou dos carabineiros!

Dentro do deserto das ruas, Calabar segurou o fogo das armas vingativas já apontadas no rumo. Depois, com um gesto decidido, o major manteve o passo da formatura e apartou-se daquela voz que dava forma de corpo à incompreensão dos que bebem de uma mesma água e respiram do mesmo ar.

Foi como se todo o lugarejo houvesse falado o que estava sentindo pela boca do moleque.

Não obstante — Calabar pensou abafando na tristeza da evidência a tristeza do fio de suas idéias —, que homem nunca traiu alguma coisa por alguma coisa?

140

Caminhando entre seus carabineiros, Calabar ganhou os primeiros desníveis da serra e começou a descer pelos socalcos, ao encontro de Van Schkoppe.

Vinha entretido, pisando nódoas de sol coadas através da folhagem pouco espessa dos montes.

— Traiçoeiro!... — ele mesmo repetiu o desaforo do moleque, sem mágoa do moleque. O desaforo não lhe doeu tanto como o não ter topado ninguém de paz ou de guerra, nem mesmo cativo velho de sua fazenda, para lhe contar, no orvalho de um carinho, do fim da mãe, do fim da irmã...

O major imaginou, só para imaginar, as duas se ajuntando no mesmo espanto quando o ecoado da deserção quebrou dentro da vila.

Imaginou, mas não...

141

Mãe Ângela, noite do estalo da notícia de que o filho se passara, ficou ralando pensamento fixo nos claros.

Motivo era o açúcar do moinho velho.

Cabeça cansava na indagação devoluta: — Por causa de quê?

É que o mel não queria mais abrir ponto bonito para tomar caixa! Quem diz que vidrava?

Na mão do filho, açúcar nenhum gozava na afronta de melar daquele jeito.

Agora, a velha calabaça se arreliava: safra comia de largada... cana era um desperdício. Da mesma que se espremia no moinho novo, com tamanho rendimento. Por causa de quê?

Aquilo só podia ser enredo de Anhangá!...

Ângela pensou no filho apartado: — Azucrim de menino!

A idéia veio em seguimento. Calculou a importância da guerra que o levou de suas fazendas, de seu gado (pouco mas limpinho), de suas preferências, tudo para defender praia alheia.

Isso, porém, é o que lhe contavam, porque, em Porto Calvo, ninguém andava de súcia com zoada de holandês, nem metido em barulho dos outros.

Se um ou outro falava da invasão, era para se doer dos padres ou para excomungar, mas não se largava da labuta de todo dia.

No assusto da manhã, Mãe Ângela perguntou à filha:

— Maculada! Seu zirimão? Seu zirimão anda caçando o quê?

A resposta ela sabia demais:

— Senhora inquira ele mesmo... Eu, por mim, não tenho sangue de cara branca.

O olho da moça brilhou no escuro da alcova como bicho enfurnado dentro da toca.

142

A história, para ser contada desde o princípio, foi assim:

Imaculada tinha nascido quando a velha ainda estava na tribo dos Sergipes, já de devolução do português, pai do menino, então, metido com os padres de Olinda.

A brasileirinha nascera de um nativo, mas viera miúda para os Arrecifes.

Aprendera a fala muito da maligna do irmão, com os franciscanos que trouxeram e batizaram mãe e filha, no mesmo dia, no convento da Ilha.

Como o dia do batizado foi em maio, os missionários barbados deram-lhes os nomes de Ângela e Imaculada, de encomendação à Virgem.

Depois, na queda da pronúncia do povo, o nome da filha ficou sendo Maculada mesmo.

Foi por esse tempo que Calabar, já macho feito, se aquietou em Porto Calvo, lugar de suas andanças de menino novo. (Isso, no meio de viagens compridas.)

Tendo, por si, só os amparos do mulato, as duas foram ter à vila das Alagoas, deram de maneirar com açúcar e, tempo comendo tempo, nunca mais tiveram precisão nem gosto de se apartarem dali.

143

Na manhã da notícia da deserção, Ângela avisou à filha e se botou para o moinho rebelde.

Tornou antes do meio-dia, com fome e sem dar volta no segredo do ponto: — Maldade de Anhangá!

Beira de casa, caminhando desajeitada nos panos da saia, pensamento fixo na coisa só, um ninguém avisou para dentro dos rampiados vazios:

— Sá don'Anja! Sô Domingo se passô pros holandês!... Soldado anda na rua catando benfeitoria de Sô Domingo...

Ângela parou suas pressas.

Sem entender a largura do recado, percebeu, no vento, a separação daquele dia diferente.

Alguma coisa de afastada teria acontecido ao filho!

Deixou os soldados passarem com suas escopetas ameaçadoras e correu para casa.

De longe, foi vendo o esbagaço.

Entrou por cima dos trens embolados no revolvido maluco das vinganças.

A bravura da filha estava de amostração no melado de sangue pintando as paredes.

Pensamento não se agüentava na cabeça:

— Maculada! Maculada! — chamou no sem resposta.

Voltou-se e viu o assombro do povo num bolo de bocas espantadas, abrindo espasmo para dentro da sala.

— Nest'ante, eles foram pros moinhos...

— Diz que é pra tumar tudo de orde do gunverno...

— Sinão, pra tocá fogo...

— Bom senhora ganhar mato...

Mas foi uma velha sem cara que lhe deu a sombra da filha:

— ... levaro ela que nem morta!

Nisso, o assombro sumiu. Os espantos sumiram do vão da porta. Só a velha sem cara ficou olhando para dentro da desgraça.

Dois soldados vinham entrando:

— Agora, é tu, mãe dum discarado!

— Bugre, a gente come é viva na faca!...

A calabaça acordou sangue dormido nas virgindades. Tomou impulso de bicho e se meteu entre os dois carabineiros castelos, baixa de cabeça como onça açoitada.

Ganhou a rua numa fuzilação.

A saia rolou tolhimentos pelo chão enquanto o corpo escuro da velha bugre sumia, na liberdade, pelos cantos da vila.

Uma a uma, as caras do assombro voltaram a espreitar para os dentros desertos.

Só nas paredes, o melado de sangue mostrava a bravura de Imaculada na defesa dos aquilos que lhe ensinaram a defender, embora ela nunca tivesse compreendido muito bem por que se precisa defender alguma coisa na vida, além da própria vida.

144

Noite chegando, povo do confisco de dom Matias teve de acudir ao moinho de cima onde fogo dançava de doido nos caibros mais altos.

Quando o socorro dobrou no fim da rua foi para saber que, no engenho velho — aquele que Anhangá não largava de mão —, as teias de aranha se soltavam dos cantos enfumaçados, na beleza das chamas...

Do mato, em seu resguardo seguro, Ângela viu a paga do serviço.

Quando o incêndio pintou todo o galpão e as ripas se ajoelharam ao peso da cumeeira em brasa, a calabaça deixou o esconderijo e sumiu suas penas na sarapueira sem fim.

Para sempre...

145

Van Schkoppe é que, de regresso ao Recife, desembarcou faceiro. Não tomara parte na incursão a Porto Calvo e não trazia motivos senão de vitória.

Na pressa de se misturar com as mulheres do Caminho da Bica, deixou Calabar tratando da descarga no portaló de baixo de um dos veleiros chegados.

Foi no começo da descarga que Calabar se danou ainda mais: na sua ausência, Filipe Camarão havia tentado aprisionar Waerdenburch dentro dos próprios fortes holandas!

Ninguém podia ter maior audácia do que o velho morubixaba!

O comandante afrontado foi quem lhe contou tudo, por miúdo, enquanto conferia uma bolsa de peças cunhadas.

— Foi assim:

Waerdenburch atravessava o istmo para acudir de urgência a um batelão de sal e muita mercadoria, encalhado no Pontão da Areia com a baixa da maré.

Nessa noite, lua lavando os mangues, avisado no Arraial pela voz do difuso, Camarão desceu com seu magote escorado na esperança, tudo de rastro macio que nem jacaré na soledade das horas novas.

Na beirada do istmo, Camarão ficou de espera numa alcorca à feição, bem na banda do alagado.

Plano doido era pegar o chefe holanda, afundar nos mangues com o bicho agarrado na unha pura, varar pelos matos do outro lado e ganhar o Arraial do Bom Jesus logo cedo.

Vindo o cortejo flamengo, o ataque se deu.

Os nativos saltaram, todos de uma vez, para o meio da passagem, mesmo em cima dos invasores.

Se a coisa não deu ponto — contou o comandante já falando no patoá da terra — é que todo o pau tem dois bicos e os holandeses, na segurança de quem está em casa, não vinham tão prevenidos como vinham armados.

O morubixaba só fez perder oito homens sem voltas de valia. Perdeu justamente porque os holandeses não vinham prevenidos.

Não é à toa que todo o pau tem dois bicos: no conhecimento do istmo, sem precisão de alardo, uns se adiantaram dos outros, deixando o comandante-geral no bando de trás. Camarão, tomando os da frente pelo todo, deu sua ordem assanhada de ataque.

Tempo esticou para que os da retaguarda desembainhassem suas armas na defesa do tenente Wtenbogert, agarrado de engano na catação por grosso.

Só no momento em que os ferros brilharam no ruço da noite, rangendo depois nas carnes nuas cor de cobre daqueles que ficaram do emborco no aterro, de oferecimento a pisada de inimigo, Filipe Camarão deu fé do tamanho dos impossíveis.

Já tão colado nas espadas holandas, não havia mais jeito de ninguém tesar arco.

A fugida calhou na hora justa e as poucas setas que ainda teimaram voltando dos mangues no amargo da fraqueza deram foi rumo para rajada de bala.

146

Quando Calabar soube de tudo, botou o pensamento na voz do difuso que teria alertado o morubixada da miséria, e disse na certeza:

— Foi o cão do Justaposto! Aquilo, comandante Waerdenburch, é um espião descarado!...

147

Justaposto vivia com aquele nome ninguém sabia por quê. Morava no caminho da vila, já na boquinha do istmo.

O pai, gordo como uma bexiga estufada, chegara da Bahia acompanhando o repiquete dos 40 anos.

Veio num mercante. Ficou. Logo, requereu uma datazinha de alagado ao pé da passagem. Foi atendido.

Arranjou aqueles nós de cana, plantou, montou moenda.

Com ripas de vinhático, talhas de barro cozido e outras miudezas, improvisou um alambique engraçado.

De cada chorada do bicho, vendia alguns martelinhos, poucos, pela vizinhança e talagava o resto no prazer puro.

Morreu deixando o filho com um abuso de ouro e uma afronta de terras.

Justaposto fez tanto do bem por este mundo de Deus que terminou sem nada de seu.

Se é verdade que a gente barganha caridade e sofrimento por salvação da alma, a de Justaposto já estava mais do que salva.

De por último, andava até entrevado com a repetição daquelas dores nas cadeiras. Quando as dores apertavam um horror, largava gritos de negro na peia que se perdiam no descampado.

Isso, até ficar que nem morto.

Mestre João chegava com suas artes e sempre conseguia que Justaposto urinasse uma areia grossa, quando não um calhauzinho que o deixava todo em sangue nas partes.

Então, o padecente melhorava uma coisinha por uma estirada de meses.

148

Enquanto Justaposto vigiava tudo o que era movimento dos invasores, tomando nota de quantos iam de lá pra cá e daqui pra lá, podendo, com detalhes de posto e armas; enquanto tomava outra porção de assentamentos malucos, enquanto atendia numa caneca d'água, numa fruta madura, numa braçada de mandioca àquele povo cara vermelha e língua atravessada, Waerdenburch não dava importância às manias de rapaz. Mas, quando aconteceu o ataque de Camarão, o general foi o primeiro que deu razão a Calabar:

— É, major... Só pode ter sido mesmo o Justaposto! Foi o Justaposto!

149

Desd'esse dia, Justaposto não fez mais caridade a ninguém nem precisou de mestre João Sampaio para acudir-lhe nas urinas. Corpo, urubu comeu no descampado.

150

No Arraial do Bom Jesus, depois da derrota de Camarão, Bagnuolo conferenciou com Matias de Albuquerque. Saiu para subir sobre uma pedra ante a tropa formada:

— Tu sei um superiore... Visto! — apontou para Rabelinho. — Tré passo avante! — Apontou para os outros com energia. — Vói tuti inferiori. Vamo... Formato bene! Assi! Questo és una formatura militare o una corda de cani?

Satisfeito com a organização, começou falando que tinha chegado a hora de mostrar o valor das armas de Castela:

— Basta de cretinice... Visto!

Precisavam era expulsar definitivamente o ateu, o hugue-note, os homens que só viam na frente o dinheiro!

Nesse ponto do discurso, lembrou-se de que o brigue porta-dor do fundo para o pagamento da tropa estava atrasado mais de dois meses.

Num hiato da alocução escaldante, pensou, numa aflição, que a nau bem podia ter sido apresada no mar.

— Cani!

Com a preocupação a lhe transtornar o estilo, falou na bele-za das praias e da terra, à mercê dos vândalos. Falou na família ameaçada pela heresia. Em Deus... Nem Deus havia de escapar! Era necessário defender a religião e o solo sagrado da Pátria! Defender Deus... Todos deviam lutar, unidos, para a Pátria liber-ta. Morrer por um ideal! — Caramba!

151

Naquela tarde, o ataque contra o porto foi dos mais cerrados. Foi cerrado a noite inteira.

Pela manhã, porém, Calabar já reconquistara arredores em toda a extensão.

Manhã rompendo, o major, defendido por um tronco de umburana, ergueu sua arma em mira segura sobre um dos derradeiros inimigos que ainda ousavam hostilizar o Recife.

Peleja, a bem dizer, já tinha terminado. Só aquele negro sem sobroço...

Calabar caprichou na mira mas, antes de atirar, reconheceu, no atacante valente, o preto Henrique Dias.

Sem ser visto pelos seus, como homem que não está acostumado a esconder suas fraquezas e vergonhas, Calabar abaixou o cano no disfarce e esperou que o velho guerreiro de dom Matias tomasse retirada.

Então, com o cano arriado, cuspiu pela falha de dentes e balançou a cabeça cheio de paciência:

— Logo vi! Trabalho foi muito... Corno da peste!

Quando deu sua ordem de operação terminada, ainda pensou no negro destabocado:

— Se ainda fosse o cachorro do conde... Qual! Essa sorte eu não tenho.

152

Primeiro, foi o caso de Justaposto. Antes, tinha sido o de Porto Calvo. Agora, o diabo do negro Dias a fazer azoada de bala a noite inteira...

Tudo isso aborreceu Calabar numa afronta sem termo.

O talentoso major tinha de levar os holandeses a uma incursão pelo Norte. Já se havia comprometido com o Conselho Supremo a alargar o domínio da Companhia no Brasil, começando pelas praias. Também fazia plano de trazer grandes apresados para apagar as insignificâncias rendidas na guerra dos Lagos Salgados.

Resultado: não dormia mais senão com um pé no chão, escopeta carregada debaixo do braço e um olho rolando de aviso.

153

Um dia, o major passou pela porta de João Sampaio. Lembrou-se do último entrevero com o povo de dom Matias. Mandou recado:

— Mestre, mande dizer a Henrique Dias que, se ele mais Camarão não se passarem, vai haver muito morto apodrecendo debaixo do chão!

Passou uma semana.

Mestre Sampaio deu resposta:

— O negro disse, seu major, que vai haver tempo de enterrar não: morto vai apodrecer mesmo por cima da terra...

154

Precisão de se botar para o Norte era precisão de compromisso. O governo holandês do Brasil tinha necessidade de renovar recheio de seus relatórios para a sede, em Amsterdão.

Calabar foi ciente disso e foi ele mesmo que fez Waerdenburch sentir precisões na incursão planejada.

No Conselho Supremo, explicou:

— É apressar passos para a vila de Natal! — e terminou com outra afirmativa, ingerindo na falação o nome de frei Manuel de Moraes, um religioso dono de grande prestígio, soluçado com os portugueses por questões de seu credo: — Paraíba também é bom!

Por fim, o mulato deixou os generais neerlandeses bem alertados contra as manhas dos nativos, amantes de emboscadas, e ganhou mar com Van Schkoppe.

Levava idéia de subir até o forte dos Reis Magos, na aldeia de Natal, mas levava, também, algumas pipas de vinho fino espalhadas pelas suas dez embarcações armadas no luxo.

O vinho era recém-chegado de Portugal e fora tomado de presa à esquadra de Francisco de Vasconcelos, desbaratada na altura da foz do Mamanguape pelas caravelas do comodoro Zebedias de São Cornélio, mercenário da barba dura, a soldo da Companhia das Índias.

São Cornélio, o Sem Pátria, deu o vinho que lhe coube na partilha, mas não foi de tão boa vontade que se largou na obediência com a frota, para a conquista do forte comandado por Pedro Gouveia, um meião atarracado, danado de corajoso.

Não que São Cornélio tivesse medo de mais essa empreitada: seu chapelão cheio de plumas só se arreliava mesmo, na satisfação, quando açoitado por muita bala. É que nem a batalha mais bonita (temporal comendo as ondas, marujo enchendo bucho de tubarão, fogo santelmo lambendo mastreame pontudo), nem a vitória mais anojada e rendosa (carga apresada sobrando nos portalós, ouro cunhado rolando pelo chão...), nada lhe dava mais recreio do que uma noite passada em casa de Adelaide onde tinha tomado assento definitivo.

Ausentando-se de novo, levava na certeza do ciúme que a mulher do alcaide — que tanto lhe custara separar para seus festejos de homem — ia encher-lhe a casa de um tudo, até mesmo de jaquetas de briche dos funcionários civis.

O comodoro olhava o mar a fugir, enfarado da viagem, dentro da saudade.

Nas intimidades, Adelaide chamava-o de "Meu Totó..." — relembrou, esfregando a barba áspera numa delícia de passados.

Não contando com os corpos pretos (que também não era coisa de se desprezar) aquele, trigueiro, num trato que avassalava, tão diferente de quantos conhecera nas voltas do mundo, todos brancos de enjoar, aquele, cheiroso que nem folhagem verde machucada, era o primeiro que se atravessava em sua vida com força de lastrear!

O pior era que os companheiros de aventura, parceiros de noites regaladas, sabiam disso por igual, pensavam do mesmo jeito e disputavam o lugar de Basto Lampreia com a mesma impetuosidade e desavergonhamento.

Mesmo quando o tempo requerido pela decência não dava nem para arejar a alcova quente da descaração, as humilhações ainda apeteciam mais... São Cornélio estava pensando na infidelidade sem refresco da mulher.

— Totó... — repetiu alto, a reavivar lembranças, procurando dar à própria voz a entonação picante de Adelaide.

Largou uma punhada ao vento, debruçou-se na amurada do portaló e deixou-se ficar olhando a carreira do mar sob a quilha.

Já ia adiantado nos moles do pensamento: procurava rimas, num português já bem vivo, para um soneto que havia de dedicar à ingrata em seu dia de anos — "Das plantas todas sois as mais bonitas, crudelíssimas plantas parasitas..."

Prosseguia no soneto, suando como se estivesse a carregar um fardo, quando Calabar interrompeu tudo para traçar planos de tomada ao forte.

155

Mas o forte dos Reis Magos só foi tomado quando miúdo Pedro Gouveia — um paio em pé duro como a necessidade — morreu na culatra de seus canhões destroçados pelas baterias de bordo, depois de fazer um mundo de estrago na força atacante.

156

Dia seguinte, cedo, Calabar recebeu já na fortaleza silenciada os chefes tapuias.

A aliança foi discutida na língua dos visitantes o que, de muito modo, facilitou a coisa.

Dessa forma, o mameluco desabusado tanto ganhou aliados como praias e interiores.

157

Ganhou interiores...

Com trezentos lanceiros e mais de oitocentos selvagens fiéis, o major foi engolindo sertão enquanto Van Schkoppe ficou guarnecendo o forte e São Cornélio permaneceu às voltas com seus navios e seus sonetos.

A tática era tomar os povoados que a expedição fosse topando pelo caminho, deixar gente arrebanhando bens, prosseguir mais para adiante e repetir o saque.

Quando Calabar chegou no último engenho, o do Ferreiro, estava com seus volantes reduzidos a pouco mais de duzentos homens entre holandeses e tapuias guerreiros.

Até então não tinha encontrado resistência que se pudesse dizer segura no que se diz segura.

158

Rude mesmo foi a tomada do Engenho do Ferreiro, defendido por Sebastião Coelho, um dos poucos oficiais que conseguira vazar o cerco metido aos Reis Magos.

A viagem de Sebastião foi que deu rumo ao major.

O engenho era do irmão mais velho do militar luso — Francisco Coelho —, homem arredado de guerra, só entregue à labuta da terra.

Terminou Francisco Coelho pagando com a vida de todos os que moravam no moinho a valentia de tanta defesa.

159

O Engenho do Ferreiro era o mais arredado e o mais valioso da Capitania.

Tinha de tudo.

Tinha capela, moinhos bonitos, alambiques areados, casa de pedra, um corrido de senzalas novas e um fechado de cana onde a vista afundava sem paradeiro.

Quando vento dava penteando canavial, Francisco Coelho sentava-se no silhão de couro trançado do alpendre e ficava dizendo na satisfação de homem saciado:

— Eta, vida lascada!

Depois, mandava um menino buscar uma brasa no fogão, acendia aquela novidade de cachimbo e dava de largar para cima um bando de rodas de fumaça branca.

Recebeu o irmão fugido do cerco da fortaleza:

— Eu não sou soldado, está me compreendendo? Quando tu nasceu, já me encontrou dono de engenho. Desse negócio de guerra, meu gosto é ficar de fora. Tu sempre quis mexer com coisa de briga. Foi! Agora, taí... — descansou o cachimbo no muro baixo do alpendre e ficou pensando na enrascada. — Tem nada não! Negro meu não dou pra barulho fora de casa. Isso, não dou! Mas porém tu é meu irmão... Tu caçou novidade e o jeito é topar novidade. Se holandês, que é povo que eu nem nunca vi, vier feder aqui dentro, nós há de fazer o que for...

160

Nessa noite, só se ouvindo a querela dos sapos no banhado, cento e noventa homens seguiam Calabar por dentro das touceiras altas.

Foram fechando terra em volta da casa-grande.

Morcego voava pelos pastos, matando fome no claro pobre da lua.

Calabar botou o sombrão da casa no olho, mandou seu povo se deitar de barriga no mato e gritou na decisão:

— Sebastião Coelho!

Grilo ticando na umidade dos talos de gravatá, foi só o que lhe respondeu.

— Sebastião Coelho! Acenda lume! Abra todas as portas!

Uma rês passou fazendo rumor nos galhos secos.

— Ó de casa! — era o major prosseguindo no berreiro de ameaça. — Saiam para o alpendre sem qualquer qualidade de arma!

161

— Quem chama? — a pergunta saiu dos escuros.

— Major Domingos Calabar! — pela primeira vez, Calabar usava da patente. — Sebastião Coelho, fique ciente que o engenho está cercado por uma força de... — já ia dizer mentira quando a bala pipocou na direção.

O tiro foi de Francisco. Foi como se acertasse numa quebrada de serra!

Eco despertou um mundo de detonação.

Até romper do dia, não se ouviu outra coisa senão fogo triscando e ordem de guerra se repetindo de espaço.

O major não contava encontrar a resistência tão entusiasmada que encontrou. No primeiro desfiado do dia, precipitou-se.

Sangrada a barra do horizonte, a mira dos defensores do moinho, adjutoriada pela luz nascente, vinha mais certeira em cima de seus homens.

Já havia muita baixa: Caroço, um roxo mau de confiança largada, revirava-se no chão com a dor de uma bala encravada nas ventas; Rui Machado, outro ladrão da segurança do major, parou de borco por cima de um tapuia fuzilado de antigo.

O jeito era investir a todo o risco, já que o mameluco não costumava arrepiar caminho aberto.

Antes, avisou à turma que a rapidez em ganhar os espaços entre as touceiras e a casa era a garantia da manobra. Depois deu suas ordens de ataque duro e pulou na frente.

No movimento, perdeu mais dezesseis aliados, entre selvagens e neerlandeses, mas estourou a porta no coice da violência.

Invadida a casa-grande, Calabar deu com o corpo de Sebastião mais o da cunhada, os dois já frios, arrumados no meio de muito escravo morto.

Francisco, a filha e os quatro filhos varões não se apavoraram quando os invasores tomaram a sala por entre os móveis derrubados.

A moça foi logo dominada e três dos rapazes caíram com suas espadas ativas em defesa da irmã. O mais velho, por sobre a mesa arriada.

Ferro tinia em todos os cantos. Briga de peito só podia ser no ferro! Chão é que já sumia de tanto morto...

Nas voltas da luta, o pai correu para o caçula sangrado nos baixos. De um salto, livrou-se de dois bugres (bugre maneira mal com arma de corte...) e foi no seguimento do corpo:

— Filho, morrer é melhor! — atravessou o peito do menino com a lâmina comprida.

Muito ferido também, atazanado pelos atacantes que nem deixavam o major tomar chegada, Francisco Coelho viu a filha cuspindo seus ascos nos homens que a sustinham, de levada, nos degraus do alpendre lajeado.

Num derradeiro esforço — aquele que um macho só faz quando a vida ainda está pregada no corpo só por uma vontade —, o velho largou-se na direção da porta.

O punho da arma, embebida até os copos nos vazios da moça, ficou balançando pela vibração do golpe.

Logo, o valente dono de engenho caiu também, abrindo e fechando a boca como se fosse para dizer ninguém ficou sabendo o quê, olho aflito buscando na filha a certeza do termo...

162

Com mais um bocado de morte, poucos minutos passados, Calabar deu a briga por finda.

Terminado o saque gordo, fogo comeu as sobras da casa-grande, do corrido de senzalas novas, dos moinhos de alambiques areados e do canavial que vento penteava enquanto Francisco Coelho dizia:

— Eta, vida lascada!

Escravo, Calabar não levou nenhum de prisioneiro.

Vivo, só restou criança gatinhando nas natas de sangue e velha de pano na cabeça e reza nas bocas murchas, tudo largado junto dos carvões derrotados. Rude mesmo foi a tomada do Engenho do Ferreiro.

163

Na Paraíba, a notícia de que Matias de Albuquerque bambeava em seu arraial, pensando em retirada com seu conde bebedor de aguardente, chegou com os soldados de Calabar.

Frei Manuel de Moraes, já todo holanda porque andava às turras com seu bispo e sua crença, deu o empurrão que os invasores queriam e a bandeira azul da Companhia das Índias se lavou em mais muito chão.

164

Quando os incursores voltaram ao Recife, traziam vitórias e cruzados de alarmar.

416 dobrões de ouro do bom! Só de patacas e dinheiro miúdo, dois sacos e meio!

Calabar vinha de coração lavado e pago da vergonheira dos Lagos Salgados!

Evidente que o preço da conquista teria sido elevado se o sangue perdido não ficasse tão em conta para Amsterdão.

O major não teve mais por onde crescer aos olhos de seus novos amos e São Cornélio, quinhão pesando nas algibeiras, tratou de afundar na ternura de Adelaide todo o resguardo da viagem com a sofreguidão de pintainho que, topando no cocho um sabugo, descobre uma banda ainda por debulhar...

165

Dom Matias é que recebeu a novidade do esparramo mais abatido do que pai que perde filho.

A mulher do comandante-geral fugiu para o meio da praça porque o que o marido estava dizendo nem o Capeta repetia.

166

— Vem cá, bichinho da Dadá... Late, Totó!

Sentada na cama, uma chinela ao léu, Adelaide ria divertida enquanto São Cornélio, de gatas, esforçava-se para ladrar com perfeição.

Os olhos quentes da mulher, no meio da pândega, deram no chapelão cheio de plumas que só se arreliava mesmo, na satisfação, quando açoitado por muita bala.

— Não! O chapéu, não, Dadá! — pediu o comodoro ainda de quatro, em volta da cama.

— O Totó vai meter o chapéu, sim senhor! A Dadá não quer o Totó em cabelos... O meu Totó não está feliz? Não está? E vai abanar o rabinho também! Senão a Dadá fica muito zangada... fica...

Numa submissão aos muxoxos da terrível minhota, São Cornélio, chapelão na cabeça, balançava os quartos gordos, muito nus, numa pobreza de graça.

— Agora... agora, o meu Totozinho vai morder o pé à sua Dadá... Morde, Totó!...

167

Madrugada, amarrotado e atirado ao chão, o chapéu de plumas que só se arreliava mesmo...

Os dois dormiam na vasta paz do Senhor como se o vasto mundo fosse um veleiro apagado e deserto, navegando sem rota, muito longe da Holanda, de Pernambuco, de Castela...

168

Não era segredo para ninguém que o Arraial já não se agüentava.

Bom Jesus, o bonito Campo Real de dom Matias, estava mais soluçado em suas seguranças do que fruta madura em dia de vento forte.

Chegada de reforço não era mais coisa que se levasse em consideração.

Nem por mar nem por terra.

Povo do agreste andava apavorado e, podendo, o que fazia era afundar no sertão bruto.

Garantia contra pilhagem, o governo castelo não dava a grande quanto mais a miúdo!

Vigilância de benfeitorias não entrava em coleção: cada um que se vigiasse sozinho, com seus colonos e seus escravos!

Cobrança de impostos, sim! Nisso, não havia relaxamento. Serra da Barriga andava apinhada de cobradores.

Como as fraquezas do Arraial já não eram segredo, os invasores organizaram uma expedição de luxo para dar combate decisivo, definindo logo uma situação.

Plano era terminar de vez com a praça forte.

Calabar levava certeza de volta rápida. Coisa de dois ou três dias, pelo maior.

Até dispensou rancho grosso.

169

Em cima, Bagnuolo já esperava pelo ataque, mais hoje, mais amanhã.

O encharneiramento se deu por volta de meio-dia no pé do rampeado conhecido por Formoso.

Não que fosse formoso mesmo aquele lombão de serra, de mata rala, mas porque lá morava Fernando Formoso, um português virado em nativo, danado por caça de pêlo.

Matias de Albuquerque, embora não contando mais com a sabedoria de Calabar, tinha, ainda, como boa aliada a malícia viva de seus homens. Mandou o que tinha de melhor para a topação do barulho.

Sino do Corpo Santo bateu repinicado.

Do Formoso, ouviu-se o bimbalho trazido no sopro do vento.

Depois que o sino se calou, a aragem encompridou vadiação pelos campos.

Defensores do Arraial não esperaram começo de briga: sentindo a chegada do inimigo, deram a primeira descarga, carregando ataque pelo flanco do sertão.

Negacearam no repiquete do major.

Filipe Camarão, vestido em seu gibão de veludo roxo, punhos gordos de renda, fivela de prata no cinto largo, entrou de rijo pela outra banda, descontrolando holandeses apanhados numa surpresa feia, meio de retaguarda.

De onde estava, o major reconheceu a tática de ameaçar de um lado para dar de outro. Não se espantou com o resultado ruim da primeira arrancada do conde. Aquela tática era sua criação. Envaideceu-se no talento por sentir que seus aliados de antigamente empregavam as espertezas conforme ele tinha ensinado.

Mas, como quem dá o ensino dá o castigo, o mameluco mandou voltear ligeiro a sua tropa, abandonar os lados do interior que não estavam mais guarnecidos senão pela mentira das balas de provocação, e investir firme contra o corpo de peso da resistência (até então só na calada do escondido), dirigido pelo velho morubixaba.

Calabar sabia demais que Camarão guerreava de manso, com força agachada no chão, sempre em pequenos núcleos, cosidos por monitores avulsos.

Só não teve tempo de dar sua ordem de atirar certeiro, na poupança de fogo, para derrubar de vez: um cavalo doido, vindo dos impossíveis de rumo feito dentro dele, largou-lhe uma flecha no ombro e sumiu na disparada, engolido pelos impossíveis.

O chefe só se surpreendeu de ver Clara Camarão, a mulher do velho brasileiro que, fazia tanto tempo, andava largada do marido quizilento por esse mundo de Nosso Senhor Jesus Cristo, montada de banda naquele cavalo da miséria!

Ferido, o major ainda quis disfarçar o sangue para que seus homens não se afundassem no medo de sem chefe, mas Juca Alhano, que estava de junto, deu o alarma.

Daí, para a festa se desmanchar, não demorou muito.

Não demorou muito também, os atacantes malsucedidos voltaram ao Recife na desordem da fugida.

Vinham mais apavorados que pinto, apartado de galinha, vendo gavião.

Calabar, sem jeito de segurar mais nada, voltou atrás de todos, amparando o braço flechado com a mão sadia.

Chegou soterrado, além do mais, pela vergonha de tanta morte levada de mimo aos guerreiros do conde.

Nesse dia, castelo e português beberam tanta da cachaça no Formoso que foi preciso dom Matias mandar açoitar um bando deles pra coisa ter paradeiro.

170

Numa semana, mestre João Sampaio deu volta no ferimento do chefe (que o veneno da flecha não era muito, mesmo contando com o que o pano da véstia enxugou), mas a mancha roxa da pisada do cavalo fantasma ainda queimou muitos dias de humilhação no meio da coxa do mais destemido dos inimigos de Castela.

171

Enquanto sarava de todo, Calabar gostava de passear ao longo do Capibaribe. Mas, quando a noite mandava uma estrela de anúncio, o major parava onde calhava parar, metia o olho dentro da estrela e ficava repetindo:

— Negro... Negro... Tu ainda vai ver quem é negro, conde de... — o insulto saía no esgarçado da raiva.

Nessas ocasiões, Calabar tinha a impressão viva de que estava no Colégio dos Jesuítas, menino ainda, no dia em que enfrentara a ira do padre Afonso, o religioso áspero da Grã-Canária, que também ousara, um dia, chamá-lo de negro.

— Negro... Negro...

Em cima, estrela brilhando.

172

Aquele mês, o major já tinha ido duas vezes ao mestre João Sampaio, não só por via do ferimento como também para aparar os cabelos.

Aproveitou o resguardo para mandar fazer outra túnica azul.

Andava era apartado de mulher!

Doía-lhe sentir-se refugado até mesmo pelas caboclinhas da Bica que não enjeitavam nem funcionário civil da Companhia.

Invasor, elas ainda topavam cegando escrúpulo, mas homem passado para holanda sem-vergonha, desses, ninguém queria tomar chegada!

Uma noite, beirando as nove horas, não agüentou tamanha solidão: quando viu, estava no Caminho da Bica onde Aninhas (a filha de Macário da Anunciação; a mulata de quem diziam, com muita verdade, ter ele apressado nas idades) andava de pouso certo e de oferecimento ao povo.

A moça, agora do gasto, tinha seu mocambo com um quintal na frente.

Calabar entrou. Passou por detrás de um pé de manacá cheio de flores roxas e brancas e bateu na janela com uma indecisão estranha.

Atendido, perguntou ao acaso, como se achasse cabimento na visita:

— Tu tá só?

— Tô! — a resposta veio sem espanto, dos escuros da camarinha.

Os dois não se viam desde o tempo de Bárbara. Mais de três anos!

— Posso entrar? — a humildade da solidão bateu duro no deboche novo da mulher.

— Pode não!

Calabar não se surpreendeu com a negativa. Agora, via a mulata nitidamente no recorte da portada. Percebeu, no desleixo do decote, os seios crescidos derramados sobre o peitoril.

Um desejo manso de amor tomou conta:

— Pode não... por quê?

Os dois ficaram se olhando.

Só um cachorro deu de latir nos longes da noite.

Aninhas começou a mexer num dente. Depois, coçou o sovaco devagar.

— Por quê? — ele repetiu de besteira, desejo esquentando corpo. — Tu tem saudade não?

A mulher prosseguiu coçando o sovaco, numa fartura de carne. Calabar insistiu:

— ... tem saudade?

— Tenho... mas entra não!

— Me desculpe, Aninhas, mas tu, agora... Não tome por ofensa, mas tu, agora... tu não é assim... dos outros?

— Sô, gente! — o dedo voltou pro dente. — Sô... que que tem?

— Então... será que eu não posso entrar como qualquer um?

— Pode não! Tenho saudade de vosmecê, não vou negar! Tenho até muita gratidão desde o tempo de meu pai... Tenho!... Mas, entra não!

— ... Seu pai?

— Morreu. Faz ano dele morto.

— ... Sabia... Rosina contou... — caprichando no jeito da farda nova, Calabar apoiou a mão no batente: — Aninhas...

Cachorro parou de latir.

Domingos Calabar sentiu todo o peso da repulsa da mulata dentro dos olhos que a noite fartava no brilho. Os peitos quase nus cresciam ao alcance de suas mãos. Pareciam mangas-rosa cheias de sumo.

Conhecera aqueles peitos pequeninos! Dele, foram as primeiras carícias... colhera-os antes do tempo da iniciação no amor. Calabar fechou os olhos na saudade despropositada dos inícios perdidos. Precisava de mulher com urgência... Mulher e carinho. Carecia de amor. Carecia de companhia para a sua solidão. Carecia de tudo. Tudo, ainda que pago, ainda que resto dos outros... Carecia de Aninhas! A voz saiu doce como vento de serra no abandono dos ermos:

— Deixa, Aninhas! Deix'eu entrar!

— Não — (Aninhas era o salitrado do mar).

— É um favor que eu lhe peço... — os olhos, subindo e descendo pelos braços gordos, demoravam-se no macio dos ombros.

— Não, Domingos. Aqui entra gente da terra e entra holanda, querendo... Tudo entra sem hora de chegada. Eu ganho dos gostos do povo. Vosmecê já não é uma coisa nem outra. Não é — a mulata se entristeceu. — Vosmecê se passou... o Domingos do meu tempo de moça morreu que nem meu pai.

Calabar ficou escutando como se Aninhas fosse se afundando num buraco.

— Tu era bom, Domingos... Tu foi um amigo que eu tive nas minhas precisões... Mas tu se passou! — a boca ficou quadrada na repulsa. — Vosmecê mandou até matar uma menina...

A mão na janela foi baixando sem zanga. Apagando desejos como se ele também se desprezasse, Calabar viu a mulher entrar, cerrando a portada. Pensou em Maria Rita. Tinha mandado executar a menina! Tinha dado ordem para queimarem-lhe a casa... sumir a família...

Não que tivesse remorsos do que fizera: era a Lei! Tinha de ser porque nada pode segurar um homem no arranco de seus rumos. Não fosse Maria Rita uma Saavedra, gostaria até de tê-la poupado.

De tanta gente que o odiava, ninguém com mais coragem para dar forma às vontades de o matar! Ninguém arriscara mais a vida na bravura desprotegida!

— Não fosse a vergonha de ser morto por uma menina, sobretudo por uma Saavedra, teria preferido... teria preferido...

173

O segredo desvendado no Colégio dos Jesuítas por um moleque, então de sua idade, chamado Sebastião Souto, irrompeu de um tempo morto na cinza de sua lembrança: "— ... seu pai também fora um Saavedra..."

Os sangues se erguiam nas aventuras das gerações passadas!

174

Quando Calabar largou de pensar em tudo aquilo, segredo arrolhado de novo para os definitivos, deu fé de que já estava subindo a ladeira do Alto da Casa Forte onde ia dar o Caminho da Bica.

Do cruzeiro levantado no topo da elevação pela esperança dos que viveram antes, a vista era frondosa: todo o serpenteado da subida, desde o porto com seus navios e armazéns!

Mesmo sem lua, o major deliberou ir até em cima.

Hora perdida, ninguém mais passava na estrada catando abrigo de fêmea para os compridos da noite.

Outra volta, o rampeado empinou feio.

Mais outra, e a lembrança de Aninhas ficou para trás.

Calabar foi subindo.

Mocambo de mestiça sem dono rareava que nem estrela no rasgado da aurora.

Vencido o último quintalzinho (quintal de Maria, Maria magrinha, Maria qualquer, Maria sem nome, Maria com fome, Maria incerteza, Maria tristeza, Maria mulher...), o major se alvoroçou: um bando de pretos e pretas soltaram-se do mato, fugindo dos cantos mais inesperados, como aves esvoaçando nos sustos...

175

Capitão-do-mato, da farda vistosa, arria a chibata no negro fujão! Cativo anda solto, cativo anda prosa no amor da mulata, na vadiação. Foi culpa da lua, malícia da noite, veneno do sangue, saudade dos longes nos lanhos do açoite na carne maluca... O banzo machuca, senhor capitão!

176

Calabar, triste com a revoada dos negros, voltou-se para fugir também.

Doía-lhe pisar tanto aconchego na solidão de seus pés vadios!

Mas foi quando se voltou que o desnível do morro abriu para seus olhos, meio oculto nos arbustos, um vulto de mulher branca, dando os cabelos para o vento balançar.

Pensamento voltou na carreira para Maria Rita, que a aparição era como coisa feita: terríveis os desencontros! Por que os dois se odiaram tanto quando podiam se ter amado muito?

Aconteceu foi que a mulher também percebera o intruso. Ligeira, repeliu de si a cabeça que acariciava entre as mãos.

Nisso, o comodoro Zebedias de São Cornélio pôs-se de pé num salto:

— O major! Ora vejam quem vem por cá!! — sacudiu a terra dos joelhos. — Sabe? Recitava versos... A Dadá gosta de versos, assim, ao ar... em cabelos... Só gosta assim, que quer? Em casa, não! Em casa, não gosta! Não quer versos!

Adelaide ajeitou o desalinho do vestido:

— O major também diz versos? Diz? — nos olhos, como numa feira, havia de um tudo.

177

Véspera de viagem, o comodoro tinha precisão de pernoitar a bordo. Por isso, desceram juntos.

São Cornélio não se fartava de esclarecer:

— A Dadá gosta de versos mas, em casa, não os quer. Tem graça, não? Passamos a tarde a jogar o gamão...

178

Madrugada encontrou Calabar ainda pastoreando pensamentos pela deserta beira-rio.

Quando ele deu pela hora, estava atirando pedrinhas n'água mesmo defronte da casa da mulher do alcaide.

Lembrou-se do começo da noite e riu.

São Cornélio estaria a bordo de sua corveta, dormindo talvez no acanhado de seu beliche, fora de poesias, de gamão...

O mameluco solitário largou a última pedra que tinha apanhado. A deliberação foi tão súbita que o plano só fez acompanhá-lo quando atravessou a rua.

Bateu na porta de Adelaide com decisão. Horas antes, havia batido em outra porta de forma bem diferente. Pensou em Aninhas: — "Tu era bom, Domingos..."

A minhota apareceu sem surpresa também:

— Eu sabia que tu vinhas!

— Sabia?

— Ora, sabia! Sabia pela tua ida ao Cruzeiro... sabia por tudo, grande orgulhoso! Até que chegou o dia, pois não? — a gargalhada escandalizou o silêncio da madrugada. — Então eu não vi que tu também gostas de versos?

Os dois entraram e a porta se fechou, abafando a algazarra.

Na praia, minutos depois, só se ouvia o fervilhado dos aratus...

179

Mesmo com a pequena vitória do Formoso, não era mais seguro a dom Matias permanecer no Arraial do Bom Jesus. A mudança do governo estava preparada: iam para Serinhaém!

Como o conde andava cada dia mais bêbedo e mais arruinado pela gota, capitão Rabelinho era quem tinha de providenciar tudo com precisão e destemor de onça parida. (— "Tu sei um superiore... Visto!")

Rabelinho, sujeito feio e enchamboado, brincava com qualquer perigo.

Do lado português, o que não faltava era gente corajosa assim...

180

Durante a noite, chuva foi de encharcar chão.

Chapinhando na lama dos becos, cordas d'água caíam na vertical, com a monotonia melancólica de velhas rezando em coro.

Amanheceu cinza pesado de crepúsculo.

No porto, a galera de São Cornélio abriu, retesando cabos na labuta de largar.

Marinheiros tomando chuva no lombo.

Vento não dava nem pra sacudir a flâmula molhada. Manobra lerda, a galera saiu quase parada em patrulha silenciosa.

Levavam demora no mar.

Só carregada pela maré de vazante, afastou-se sempre de terra, coisa de um tiro. Então, a brisa de fora encheu os panos menores e a água levantou uma fervura baixa na faca da proa.

Hora muito nova, só uma ou outra rótula da rua de Fora espiava, aberta, a saída difícil da nau flamenga.

Foi à toa que, já distante, São Cornélio fixou o óculo na janela de Adelaide, guloso por ver a mulher acenar-lhe conforme o prometido.

Por fim, perdida a terra de vista na barra da chuva, o comodoro descansou o óculo entre exclamações obscenas de desesperança.

Demorasse mais a espreitar e veria o major deixar a casa, feliz na sua bonita túnica azul...

181

Durante aquele dia inteiro, comodoro Zebedias de São Cornélio navegou rumo Norte, dentro do fusco da chuva miúda.

Panos encharcados pesavam nos mastros penando viagem.

Noite, o tempo melhorou. A Cruz do Sul apareceu entre nuvens claras para dar conferência na rota.

Outros dias escorreram iguais na cor, nas horas e na batida das águas como na saudade lúbrica do comodoro.

Semanas...

Lassidão boa era apanhar aquele tempo molhado na alcova de Adelaide...

São Cornélio passava tempo fazendo seus sonetos: "O mar, igual, o mar, meu confidente, é que me arrasta de ti, minha Dadá!"

— Onze sílabas! Não presta... onze sílabas!

São Cornélio recomeçou, contando pelos dedos: "É que me arranca de ti, minha Dadá..."

— Onze, também! — "É que me leva de ti..." — Diabo! Outra vez!

O comodoro fuzilou os horizontes tentando eliminar a maldita sílaba. Era irritante!

Mas o que o comodoro viu fuzilando os horizontes foram quatro bergantins castelanos chegando no garbo da segurança.

Isso, já na altura dos bancos do Maranhão.

São Cornélio largou a poesia de mão, enfiou o chapéu de guerra e foi dentro; as plumas que só se assanhavam mesmo, na satisfação, quando açoitadas por muita bala, se enfeitaram ao vento do tombadilho!

O comodoro balançou suas gorduras nos gritos de alerta. Logo, ordens correram se perseguindo numa firmeza de torar pé de serra:

— Tesa! Alivia de barlavento, Diabo! Solta tudo!...

Os barcos se aproximavam ligeiros, na fome de topação bruta.

— Tira a bujarrona, filho de uma vaca! Descalça aquela escotilha, corno da peste!

Na tensão, rompiam pragas e insultos na língua da terra tão boa de aprender. Por fim:

— Atenção, terceiro e quinto! Fogo! Primeiro e quarto! Fogo!

Havia começado o baticum!

Com a linha d'água arrombada, a nau castelana mais próxima foi a pique como coisa já esperada. Não passou meia hora de mais fogo, outra teve a mesma sorte.

No mar, náufragos em bando debatiam suas aflições nas ondas gordas. Alternavam-se na gritaria. Uns desciam soltando bolhas no rodopio; outros emergiam de golpe, por um instante. Muitos já tinham afundado definitivamente.

Junto ao timão, São Cornélio não dava sossego aos panos. Berrava sem descanso:

— Tesa! — depois: — Primeira e quarta, fogo! Vosmecê aí! Vá ver o que houve com a quinta que não atira mais! Depressa, calhorda!

Olhou para os que morriam no mar:

— É que me aparta de ti, minha Dadá... Onze! Vá sobrar sílabas nas profundas do inferno! Fogo! A terceira calou também? Socorram a terceira!

Os tiros saíam em novelos de fumaça negra. — Ainda por cima, deixaram molhar a pólvora!

— Meto tudo a ferros!

O veleiro holandês guinava cada vez mais. Estralejava nos dentros. Adernava à força dos coices dos morteiros rudes.

Um balázio acertou num mastro castelo. Marujada ativa! São Cornélio largou o timão e correu para a varanda do comando.

O combate prosseguia com os dois inimigos restantes, Castelo é povo duro no mar!

Hora depois, a coisa estava ainda pior.

A caravela flamenga fez mais estragos nos inimigos, mas comeu tanto fogo nas voltas que se abriu bonito para o fundo do mar!

São Cornélio não se importou com o desastre além da conta. De seu posto, chapelão na cabeça, ficou apreciando o naufrágio de seu barco como coisa que não havia esbarro. Até gostou de ver a solidez na amarração das cavernas quando, no mergulho final, a proa rasgada de fora a fora se levantou bem alto na poeira das ondas.

182

Tudo acabado, um cardume de peixes-voadores abriu planação nos destroços, subindo e descendo no ar, tangenciando as águas, imergindo mais adiante para saltar de novo, mais longe, na pauta do destino.

Nuvens corriam carregadas de fumo espesso.

Barcos sobejos do barulho seguiam seu caminho com a altivez da vitória, escaras à mostra, os que se salvaram tomando rum.

No local da guerra, o mar foi levando de tombada em tombada o chapéu cheio de plumas que só arreliava mesmo...

183

Adelaide dormia.

Quando foram lhe contar do fim, exclamou embrulhando-se na camisa de babados:

— Santo Deus! Ai o meu Totó! Havia de ter morrido pensando em mim!... Ai, o pobre! Ai, quanto me amava! E eu a recomendar-lhe cautela com os espanhóis! Ai, que o Totó não me ouviu!

Cem braças ao redor, ouvia-se a lamentação. Mas como quem foi levar o aviso foi um tenente muito bem apessoado, Adelaide, a que não gostava de virtudes, considerando o alívio do luto na velhice do tempo, convidou o rapaz para entrar, para conversarem melhor, mais à vontade, na intimidadezinha de um conhaque...

184

Calabar estava com seu uniforme mais novo: véstia azul-ferrete, botinas baixas, da Europa, pescocinho de renda em camadas, muito engomado.

Na cinta, a espada holandesa.

Estava ansioso para o ataque a Porto Calvo, assunto urgente, prometido por Waerdenburch na reunião do Conselho.

No Recife, uma das funções do major era presidir a inquirição dos aderentes à causa-Holanda. Principalmente, quando os desertores arribavam do Campo Real e, agora, de Serinhaém.

Espalhada a notícia de qualquer vitória flamenga, era certo o cortejo chegar ao quartel de Lonck, cada hora mais numeroso.

Mas essa obrigação de tomar declarações era só quando sobrava tempo ao militar como estava sobrando naquela manhã de quarta-feira de 1633.

O major tinha saído da Ilha de Antônio Vaz, logo que terminou a reunião sobre Porto Calvo, para inventariar um material que precisava levar na incursão, quando chegou portador:

— Sô major — Mais gente passada!

Calabar estava ocupado com relações enormes. Nem levantou a cabeça:

— Quantos?

— Vinte ou vinte e cinco. Não sei certo não, major.

— Sim! Termino isto já. Mande-os esperar.

185

Indo para o quartel, Calabar encontrou a velha Penha num vão da rua do Sol. Lembrou-se de Santas Dores, do casinhoto no istmo (onde tanta vez ficava de conversa amiga depois da hora do namoro com Bárbara) e perguntou:

— Vosmecê, sá Penha, me dá notícia do padre?

A mulher, agora, se entretia vendendo melancias da comadre que vivia muito só pras bandas das Pitangueiras.

Portuguesa de grande opinião, desprezava imensamente todos os que desrespeitavam os Mandamentos da Lei de Deus. Pouco se importava de Calabar ter se passado pros holandas. O que não perdoava era a morte da menina de Pedro Saavedra. Respondeu amuada:

— Coisa que o vento leva é como coisa que afunda no mar: ninguém sabe mais nunca onde vai parar.

Calabar não percebeu o amuo:

— Então, o padre sumiu de todo?

Penha prosseguiu por uma obrigação:

— Sumiu. Eu mesma já entreguei aquele cristão à vigia do Senhor dos Passos.

A mulher começou a mexer em suas melancias como dizendo que não tinha mais conversa pra dar.

Senhor dos Passos... passos... passos perdidos — o major foise pensando. — Quais passos são os perdidos? Que direções levam? Quantos passos um filho de Deus dá nos tombos da vida? Que importa a direção se todos eles nos aproximam fatalmente do último? Todos os passos nos levam à morte! Todos, desde o primeiro! Cada um é sempre um a menos no bojo do tempo, é sempre um passo mais próximo do fim. Nenhum é perdido! Não importa que caminhos sejam os percorridos; subindo montanhas ou descendo ladeiras: para a guerra ou para o amor... Evidente que todas as viagens se acabam um dia. Então, que coisas valem a pena serem feitas? Alguma existe que não se afunde no mar ou que o vento não leve? Quem sabe aonde vão parar as coisas atingidas por nossos passos?

Chegando à ilha, o militar não respondeu à saudação da sentinela. Sempre pensando em Santas Dores, a fugir de seus próprios passos nos ventos do destino e nos mares da vida, subiu a escada em caracol do antigo mosteiro franciscano transformado em quartel-general holandês.

Em cima parou.

— E os passos de Maria Rita, torados no rojão da mocidade?

186

Na sala de comando, os homens estavam em linha cumprindo ordens.

Entre os desertores, havia selvagens e negros. Um ou outro europeu.

Os escravos andavam preferindo os azares da guerra ao cativeiro nos engenhos. Do lado holanda, eram guerreiros livres.

Entre um galego e um cativo, Calabar deparou com Sebastião Souto.

Abafando surpresa, fingiu não dar por ele.

Fez o interrogatório de praxe aos passados. (Interrogatório sumário: nome, idade, razão por que se passava, se sabia fazer alguma coisa de especial, se conhecia artes de guerra...)

Deixou o primo separado. Por fim, chamou-o e foi se dirigindo à porta:

— Siga-me!

Num aposento menor, ficaram sós. Sebastião coçava-se intranqüilo (afinal, fora uma temeridade! Mas, do jeito que a coisa ia para os seus lados, o melhor era arriscar! Dom Matias soube, por fim, de todas as suas maroteiras desde que, negociando por conta do governo, avançou numa dinheirama que era para adquirir, no sertão, gêneros para a tropa).

— Que te levou a passar? — Calabar interrompeu-lhe o pensamento envolvido no dinheiro oficial.

— Servir à terra... Enjôo dos outros... como o primo.

— Tu não estavas envolvido na doidice da menina de... — custava-lhe pronunciar o nome de Pedro Saavedra.

— Que menina? Menina de quem? — perguntou Sebastião Souto para ganhar tempo (claro que não havia provas — pensou preocupado).

— Rita! Maria Rita — o major falou com dificuldade. Súbito, exasperou-se e berrou:

— Tu não estavas metido naquilo? Vamos!

Souto tirou proveito do descontrole:

— Se estivesse o primo acha que eu teria coragem de vir?

— Estava! Tu bem sabias que ela vinha para matar-me! Conta-me tudo!

— Tudo? Que tudo?

De tal modo violento foi o olhar que o fulminou, que Sebastião Souto não conseguiu manter a calma tão preparada:

— O primo não acreditou no que ela disse... isso é, imagino que tenha dito... Essas doidices que dão... Ora, onde já se viu? Loucura! Só mesmo loucura... Eu mesmo não sei o que queria a menina do Saavedra... Como ia saber?

Calabar prosseguia calado, olho cravado nele. Souto falou por falar:

— Como eu ia saber? Esta tem graça! Loucura... loucura da menina!

— Deixa a menina! Conta-me o que sabes. Calabar não largava o olhar feroz.

— De fato! Claro que conto tudo o que sei! O Saavedra queria... não sei! Chamou-me até para que eu... e eu a fingir que sim! Era o Saavedra, o todo-poderoso! Depois... quando sim! Pagava-me bem. Prometeu. Essa é a verdade! É claro que rejeitei! Atirei-lhe duras. Para traições, não! Eu, não. Não contem comigo! Não sirvo... Rompemos até... Rompemos! — Souto considerou a afirmativa de grande qualidade. Repetiu crescendo na ênfase: — Rompemos! O Pedro intrigou-se com dom Matias... por causa disso. Do resto, não sei. Como ia saber se estávamos rompidos? Se o primo quer minha opinião, são outros os contados: aqui estou para isso. Suponho que a menina, vendo o pai... largou-se por aí... Endoideceu! Naturalmente, apanhada, disse coisas. Era para salvar-se! Disse coisas... Daí, naturalmente, a desconfiança do primo... Apenas suponho, é claro... naturalmente...

Calabar tinha desviado os olhos para a janela, enjoado de tanta mentira. Voltou-se de supetão:

— Bem! Experimento tua lealdade. Preciso que leves uma carta ao Antônio Matias. Conhece-o?

— Não... mas explicando onde fica...

Calabar abriu uma arca:

— Então tu não conheces o Matias?!

— Sim! Ah! O Matias... Sim, o Matias! Era até compadre do Saavedra... Mora pra lá de Olinda...

O major fez um gesto mandando que o outro se calasse. Retirou uma cinta em branco e colocou-a sobre a mesa, empurrando o areeiro. Sem pressa, afiou uma pena e ordenou:

— Subscrite: Ao senhor Antônio Matias, no... Pronto?

Enquanto o desertor escrevia, Calabar sacou da algibeira um papel dobrado de antigo. Abaixou-se sobre a mesa e tomou a cinta.

— Espera, primo. Ainda não...

— Basta! É bastante. — O major não deu importância ao protesto.

Abriu o bilhete comido nas dobras. Era o que fora tomado à Maria Rita no dia fatal.

Calabar comparou a tinta vermelha com a letra molhada da redação de Sebastião Souto. Lá estavam os TT cortados por duas linhas paralelas, numa falta de gosto. O militar sacudiu a cabeça:

— Faz um ano que procuro saber quem escreveu isto! Já desconfiava! Tu deste o roteiro à menina! — empurrou o papel para debaixo dos olhos de Souto. — Sabes que papel é este? Reconhece-o? Maria Rita arriscou a vida pela vontade que o pai tinha de ver-me morto. Foi magnífica mas, é claro, não poderia ter agido sozinha. O cavalo era teu! Sempre gostei de pessoas magníficas! Ela contava atingir-me. Depois, o cavalheirismo holandês não havia de permitir que se lhe... Não importa! Ela teve a coragem que faltou a vosmecês do lado de lá...

Calabar voltou a olhar pela janela. Falou como se estivesse falando para fora:

— Então o Sebastião Souto, o meu primo Sebastião, do Colégio dos Jesuítas... o homem que descobriu que meu pai era um Saavedra, estava metido naquilo... — a voz tornava-se sombria aos poucos. Sempre olhando para fora, Calabar acrescentou: — Sabe Deus quanto me custou justiçar a menina! Teve de ser! Se era para começar com tolerâncias e contemplações, então, adeus à luta! Melhor entregar tudo de uma vez a dom Matias. Felizmente, aquele dia eu estava meio borracho... Sabe, Sebastião, que estava bem borracho? — Calabar tornou-se surpreendentemente manso. — Que vens fazer aqui, meu primo? Que plano é esse, agora? — terminou de fazer uma bola com os papéis que tinha nas mãos: o bilhete e a cinta não completada no endereço. Atirou a bola fora:

— A patrulha! — chamou em holandês, voz acordada na decisão.

Souto levantou-se de arranco:

— Garanto... havemos de esclarecer, primo! Conversando... Conversando, tudo se esclarece.

A patrulha chegou. Calabar cruzou os braços:

— Ao cepo! — com a cabeça, completou a ordem.

Souto, sempre gritando pela necessidade de conversar, de esclarecer, foi levado na violência.

Quando o major sentiu o pesado dos sapatões sumirem ruído no corredor, passou as mãos em cheio pelos cabelos alourados, examinou as unhas detidamente, limpou um canto na dobra da véstia e abandonou-se contemplando nuvens densas no horizonte:

— Vamos ter chuva pra tarde... — monologou.

187

Toda faceira num vestido de rendas, a viúva do alcaide Mourão Basto Lampreia chegou a São Telmo para casar com o senhor Fernando Barbosa, comerciante recém-estabelecido na rua da Praia.

A ermida transbordava de amigos holandeses. Calabar de roupa nova.

188

Um dia, nos moles do leito, o comerciante mais sólido do que um arroto, perguntou:

— Tu não me dizias, Adelaide, que teu marido andava pelo sertão?

— Dizia... Dizia, amor, sim... Por quê?

— E tu tens certeza de que ele morreu?

A terrível minhota que, em Portugal, comia salsa aos molhos para o bem das cores, voltou-se no leito sempre tão coletivo:

— Certeza, certeza, não tenho mas... eu sonhei, amor!

189

Mané Caridade tocava bambu.

Noite de lua gorda, ia pros fundos do quintal de sinhô Velho, enchia os gomos d'água — uns mais, outros menos — e, com duas baquetas, dava de tirar daquela narimba improvisada melodia mais soturna que uivo de cachorro com fome, no precipício das horas.

Então, mané Caridade cantava baixinho lembrança de chão distante de onde tinha vindo acorrentado nas voltas da virilha pra não repetir a vontade de afogar nas ondas escoteiras da perversidade dos brancos o corpo cativo.

Tantas noites viajou na calada dos ferros que os joelhos, estourados em bico, varavam os calções no uso dos passos.

Forro por Waerdenburch quando sinhô Velho morreu brigando de macho por terras distantes que nem a sua e pelos mesmos bra-

sões que andavam nas velas do desespero de sua viagem dorida, Caridade guardou a memória do amo de embolo com a gratidão por aquela gente nova, amante de pagar trabalho de quem lhe servisse.

Tanto se misturou com holandas graduados que terminou por se fazer aguazil da tropa invasora, sem receber nenhuma retribuição pelo serviço.

Mas como Mané Caridade era livre e, um dia, lhe deram um sombreiro branco, passeava aos domingos pelas ruas do Recife abrigado pelo presente flamengo, dizendo aos que lhe arreliavam na mangação:

— É pra quem pode!...

190

As últimas notícias chegadas do quartel-general de Serinhaém eram que Matias de Albuquerque também não se agüentava em seu novo reduto.

Com a intercepção constante dos socorros tentados tanta vez por mar, em toda a extensão da costa até o Maranhão, a vila tinha de ser abandonada e o governo colonial de Castela estava de mudança para o Sul, sempre na esperança de dias melhores.

Calabar se lavou com a novidade:

— Agora, sim! — exclamou, doido de contentamento pela expectativa de agarrar dom Matias no passo da mudança. — Desta, não me escapa nem rato!

191

Exclamou suas euforias e disparou para a sala do Conselho sem se importar com as duas naus que vinham entrando da Europa, certamente transbordando novidades. Isso, sem falar nos fundos para o pagamento da tropa, sempre atrasado de dois a três meses.

Se já havia plano feito, urgente e bem discutido de breve assalto a Porto Calvo, desde o fim do ano passado — era julho de 1635 —, o major agora não podia deparar melhor ocasião de sacudir os futuros: vindo para o Sul, Matias de Albuquerque teria de passar fatalmente pela vila ingrata.

E passar com demora para abastecimento.

192

Da convocação extraordinária feita logo depois do repique da notícia, a sessão do alto-comando holandês teve início num atropelo.

Começou-se por discutir o efetivo da ação. Dobrou-se o número de soldados para oitocentos homens. Calabar não quis mais:

— Pra segurar o conde, basta!

Waerdenburch concordou de forma sumária. Estava apressado para receber novas da terra nas naus recém-entradas:

— Partam quando quiserem... O que depender de mim, terão! O major veja o que precisa e me encontre nos barcos.

A reunião terminou com a saída do chefe e com a determinação de se meterem a caminho dois dias depois.

Calabar achou muito desperdício de tempo. Queria era partir no dia seguinte.

193

Mesmo acostumado a não topar dificuldade, em dois dias apenas, o major não podia preparar no brilho tão grande tropa.

Impaciente, largou-se a bulir com tudo ao mesmo tempo: selecionou pessoal recrutado pelos quartéis, visitou paióis e despensas, revistou o comércio da praia numa fome de requisições e escolheu o que havia de bom em armamento e pertences.

Se, nesse tempo, dormiu, foi de bicada.

Na tarde do segundo dia, ainda achou hora de subir às naus chegadas, na faceirice de sua farda nova.

Só pensava na ofensa do conde:

— Negro... Negro... Cão de conde!

Do porto, seguiu em busca de Burch, o tesoureiro da Companhia.

Levou orçamento cortado de largo.

Assinou papéis.

Por fim, comeu um pedaço de queijo com inhame cozido, tomou uma caneca de chá da Índia e foi descansar.

194

Dia seguinte, tambor da Casa da Guarda rufou com a alvorada.

Quando Waerdenburch chegou foi para passar em revista a tropa já formada para a viagem.

Logo, partiram.

Logo, também, começaram a aparecer os imprevistos causados pelo tumulto com que a expedição foi organizada.

Uma das colunas, precisamente a que era comandada por Van Schkoppe, teve de regressar à base, após duas horas de marcha. Voltou à procura de munição mais ajustada para combate de serra acima.

Sol quebrou na linha do céu e Pickard — que tinha se atrasado para ajeitar suas cargas — ainda não atingira os pertos da Barra Grande.

195

Nessa mesma noite, as tropas de dom Matias e Rabelinho, também ganhando distância das do conde de Bagnuolo, chegaram a Una.

Através dos agrestes da outra vertente, Matias de Albuquerque levava o mesmo destino de Calabar: Porto Calvo!

Calabar tinha acertado na sua previsão.

196

Na areia anilada pelo crescente alto, os soldados do major estiraram-se, descansando marcha precipitada.

Depois, chegaram os de Pickard, ajudante de manobras.

Por último, os de Van Schkoppe.

Tudo sossegado, Calabar deu de passear sua agitação, irritada pelos contratempos, em volta dos homens adormecidos.

Calculava planos, danado com a suspeita de que pudesse chegar tarde. Não queria era perder tão grande oportunidade de se defrontar com a nata completa de seus grandes inimigos:

— Negro!... Agora, eu pego esse conde de bosta! — repetia no passeio.

Súbito, moderou a marcha e fofou a renda do pescocinho. A idéia explodiu como uma coisa jogada pra cima: — Tá! É isso mesmo!

Aproximou-se de Van Schkoppe enrolado em sua manta de campanha. Fê-lo erguer-se:

— Vamos ver Pickard.

Acordado o ajudante, ali mesmo no fresco da praia, o major comunicou o plano aos dois:

— Senhores, precisamos chegar antes de dom Matias! Vou já: duzentos homens vencem a serra mais ligeiros. Pickard vai comigo. Deixo a vosmecê, senhor Schkoppe, o grosso da força e o guia Pedro Costa Vaz. Não terá melhor! O importante é que nós guarneçamos Porto Calvo antes de dom Matias arribar à vila. Amanhã, lá para as dez horas, o senhor Schkoppe tome caminho com seus homens já sacudidos para entrar no fogo. Chegando em cima, esconda-se pelas cercanias até que dom Matias meta cerco, caso ainda não o tenha feito. Minha resistência dará tempo a seu ataque pela retaguarda dos portugueses. Metido entre dois fogos, enfarado como há de chegar, o velho pouco agüentará rojão de bala! Entendido?

Os dois oficiais neerlandeses ficaram olhando na surpresa.

— Vamos, amigo Pickard! — Calabar chamou seu ajudante. — Até lá, senhor Schkoppe... Converse com Pedro Vaz! — apertou a mão ao aliado e seguiu sem se voltar para ouvir o cumprimento:

— Boa sorte para vosmecê também, Calabar! — e o oficial flamengo deitou-se na areia, cheio de sono que, só a coisa de meia hora, havia chegado à Barra Grande.

197

Estrela-d'Alva brotava na crista do morro e os duzentos homens escolhidos para a difícil empreitada foram despertados e postos em formatura entre os companheiros estirados na praia que o crescente anilava de manso.

As cabeças dos que ficavam ainda estavam erguidas no rumo tomado por Calabar e Pickard, numa curiosidade de espanto, quando o recoveiro Juca Tolentino — um "joão toucinho" passado de novo, e ao pé de quem o plano tinha sido ajustado — levantou-se sorrateiramente, espreitou o vão dos seus, apertou os olhos miúdos, encostou-se à vegetação das dunas mais baixas e desapareceu no escuro, encoberto pelos ramos de uma pitangueira bonita.

198

No Maragogi, o recoveiro bom conhecedor de trilhas se apresentou a Rabelinho.

Cortara caminho por uma vereda da serra tão desconhecida que nem Calabar tinha conhecimento dela.

A conversa foi de sopro, ao pé de um córrego:

— Vem com duzentos homens... o resto, mais seiscentos, sobe amanhã com Van Schkoppe... guia é Pedro Vaz, desertor descarado... na Barra Grande!

— Verdade? — perguntou Rabelinho com a mão coçando a barba — Verdade mesmo? Olha, que se tu estás fazendo traição... — o gesto completou a frase.

— Vossa mercê pensa que eu sou desses?

Juca Tolentino recebeu seu martelo de aguardente e um punhado farto de ducados em paga da informação.

Mordeu uma moeda com alegria, a provar o ouro, e partiu de volta, acompanhado de tropa gorda, sob o comando de Veras Farinha.

A tropa gorda não era para botar guerra direto no holandês da Barra Grande mas para atrasar, conforme fosse possível, a caminhada dos reforços.

Atrasar até que dom Matias, já de posse da vila, pudesse dominar o terrível major e se preparar para a recepção de Van Schkoppe.

Despachados os homens de Veras, Rabelinho deu ordem apressada ao grosso dos seus para subirem todos, já comandados por dom Matias, para Porto Calvo.

Um mensageiro foi despachado para explicar a Bagnuolo, ainda em caminho, da modificação do plano.

O que importava, agora, era chegar antes de Calabar. A subida deveria ser feita sem tabela e de modo a não deixar rastro de passagem. É que, dali em diante, a trilha era uma só para chegar à vila.

Rabelinho ia contente como jacaré na enxurrada...

199

Enquanto, embaixo do serrote, o almocadém holandês perdia rumo com seus seiscentos mosqueteiros, impelidos pela malícia de Veras Farinha naquele ataque inesperado vindo dos agrestes, Calabar atingia o topo da elevação, volta de nove horas, sem sofrer qualquer hostilidade.

Atrás do major, Mané Caridade, joelhos estourados em bico pela calada dos ferros passados, comia chão, firme, com a ligeireza da fidelidade.

200

Os guerreiros mandados por Rabelinho com Veras Farinha e Juca Tolentino de guia aproveitaram-se bem da falta de traquejo mateiro de Van Schkoppe.

Quando, cunhando as forças holandesas, fuzilaram o guia Vaz nas picadas perdidas do pé da serra, não perceberam que a obra tinha ultrapassado de muito o projeto de não combater diretamente, mas só atrasar a retaguarda de Calabar.

Dos atacados, a desorientação tomou conta no jeito de uma desgraça em cima de um homem aperreado. Com a morte do guia Pedro Vaz, o único sabedor de rumos dos flamengos, veio o descontrole e a dispersão pelos socalcos do terreno acidentado. Logo os infantes neerlandeses perderam contato com o comando de Van Schkoppe.

Aconteceu foi que o comandante, desfalcado de dar pena, teve de voltar à Barra Grande.

Sem mais condições para tentar o seguimento do major, foi obrigado a fazer portador urgente para o Recife, em busca de socorros e reforço. Em busca, sobretudo, de outro guia sabedor.

As fileiras que, àquela hora, já deviam estar cercando dom Matias em Porto Calvo, conforme o plano, esparramavam-se falhas e inúteis pelas areias sem fim, num marasmo sem remédio.

Seriam quatro dias de atraso.

— Pelo menos quatro dias! — Van Schkoppe exclamou cozinhando desespero solto.

201

O recoveiro Tolentino, causador da grande barafunda, vendo que Van Schkoppe arrepiava caminho, teve a idéia de recolher o corpo de Pedro Vaz para transportá-lo de volta, como presente a Rabelinho.

Queria era comprovar que dissera a verdade e aumentar os ducados de ouro mole em seu sequitel.

202

Os telheiros da vila punham uma nódoa vermelha suja na claridade do dia.

Calabar aproximou-se cauteloso.

Porto Calvo não parecia estar guardado.

O major ficou contente: havia chegado primeiro!

Por precaução, mandou a coluna fazer alto de refresco. Ordenou uma salva de sonda que se perdeu no outeiro de Amador Alves.

A salva ficou sem resposta.

Calabar agüentou na espera. Mandou repetir a salva. Silêncio. — Coluna de expedição! — gritou decidido. — Acelerar!

Na ladeira que ia dar na igreja nova, fez novo alto. Ninguém nos arruados? — Por quê? As casas fechadas... Por que ninguém teria acorrido aos tiros? Melhor!...

— Pickard, vamos nos acoitar na igreja. Providencie para não ficar nenhum sinal de fora. Da igreja, tomaremos posição para a defesa enquanto esperamos por Van Schkoppe... Parece que dom Matias ainda se demora... — reparou de novo, desconfiança brotando nos cálculos. — Ruas desertas... Será que já passaram? Já fugiram todos? — pensou angustiado, vendo perdida sua ocasião de vingança.

A porta do templo estava encostada apenas. Quando estralejou nos gonzos ásperos de ferrugem, a música dos vazios foi interrompida por uma violenta rajada de balas. De repente não ficou uma fresta ou vão de rotulinha em que não aparecesse a traiçoeira ponta de uma arma. É que, desde o mortiço noturno, gente da delação de Juca Tolentino guarnecia a vila num silêncio de cemitério, dentro de uma espera acoitada

Fogo atingiu em cheio a tropa embolada junto à porta. Trinta carabineiros rolaram pelo chão.

Aos berros, Calabar conseguiu sempre organizar defesa precária.

Perdeu mais oitenta homens para fazer calar os focos agressores da redondeza.

Aproveitando a estiada, abrigou-se com seus restos de força no templo deserto por ordem maliciosa de Rabelinho. Era lá mesmo que o português queria os inimigos.

Por um instante, o fogo silenciou de todo.

203

Lá fora, pipoco de bala recomeçado só amainou uma coisinha depois que Calabar trancou a porta, na decisão mais feia do mundo.

Guido sentiu a cabeça insossa como se estivesse sarando bebedeira.

Comido de medo no refúgio onde a desgraceira o açoitou, junto ao pequeno altar da entrada, Guido olhou a tranca pesada cair nos suportes com barulho surdo de tiro disparado dentro d'água.

Depois, mergulhou o olho espantado naquela santa dura no barro colorido de muito tempo.

A santa tinha olhos de contas e era tão agressiva no jeito de olhar como os soldados inimigos que estavam atirando da rua.

O holandesinho começou a se irritar com a santa. A imagem estava apontando um dedo para qualquer coisa, lá longe. Quem podia saber o que era?

A outra mão segurava as batidas do coração de barro, como se fosse uma pessoa que acabasse de dar uma carreira.

Guido meteu reparo na mão e sobressaltou-se: por que diabo tinham feito aquela santa sem os seios?

A santa era mulher ou não era?

Guido tinha 17 anos e, bem dizer, aquela era a primeira vez que ouvia zunido de bala em cima de gente.

Já fazia um bando de meses que chegara ao Brasil. Em Haia, a irmã não devia largar o pensamento dele. A irmã mais velha. Um pé estropiado. — Friagem de inverno, naturalmente...

Gruche (Guido chamava a irmã de Gruche) já teria recebido o dinheiro!

De família, só tinha, agora, a irmã e o dinheiro havia de ser bom para ela.

Quando Guido embarcou, na influência do povo, deixou ordem na filial do escritório para entregarem a Gruche quase todo o seu soldo. Duzentos e setenta florins!

Embora ainda não tivesse chegado carta, o pagamento veio desfalcado da quantia exata. Sinal de que o dinheiro fora entregue.

— Por que teriam feito a santa sem os peitos? Gruche tinha peitos...

Apertado com as rajadas de tiros a se renovarem, Guido estava querendo fazer amizade com a santa.

Reparando bem, o modo dela olhar para os caibros como se estivesse esperando chuva já não parecia tão implicante. O que parecia era que a santa estava querendo atenuar o pavor que ele estava sentindo doer lá dentro da barriga. Talvez o dedo apontasse para alguma coisa boa, mas... por que não tinha seios?

Guido sorriu num comecinho de simpatia. Desde quando a coitada estaria ali, sozinha... sozinha?...

O olhar duvidava da segurança do telhado, era certo, mas a santa não estava com medo! Nem se importava com tanto tiro!

Guido pensou se não seria melhor que ele também fosse de barro. Isso, Guido pensou quase sem aflição. Mas... os seios? Por que não tinha?! A santa era mulher...

Na ladeira de baixo, uma rajada nova zuniu mais forte do que todas. Os soldados de Matias de Albuquerque estavam se aproximando...

O dinheiro do soldo era para Gruche comprar umas meias de lã.

A rajada acabou-se num galope maluco pelos fundos do templo.

A santa não se espantou e Guido encolheu-se trincando os dentes.

O dinheiro... Se Gruche estivesse em Pernambuco, com aquele calor gostoso, não precisaria comprar meias de lã. Compraria um pano verde ou — quem sabe? — umas calças de babados.

Guido achava um mistério desconforme nas calças das mulheres.

O homem que fez a santa sem peitos ter-se-ia lembrado, ao menos, de fazer umas calças de barro por baixo do camisolão pintado até os pés?

Medo aumentando na barriga, Guido não podia tirar os olhos da santa. Reparou: uma lasca da pintura levantava-se em escama bem no dedo que apontava para qualquer coisa, lá longe.

Medo tinindo.

Precisamente no dedo, a lasca!

Ouvido não querendo se acostumar ao pipoco das balas, o pequeno mosqueteiro começou a perceber a barafunda que os companheiros estavam fazendo dentro da igreja. Corriam de lá pra cá. Será que não fazia bem um minuto que estavam ali ou já se tinha passado um dia inteiro?

Os soldados não estariam com medo também? E Calabar?

Guido achava que não podia haver nenhum homem tão forte como Calabar. Tinha pena de Gruche não conhecer seu comandante.

Bala piorou na rua.

Bala melhorou na rua.

O barulho dos holandeses encurralados ia deixando Guido cada vez mais tonto, cabeça rodando como coisa largada dentro de um rio.

— Se ao menos a santa tivesse peitos...

Gritando uma porção de coisas, o major passou apressado para os interiores do templo. Devia estar atrás de Pickard. De Alexandre Pickard. Guido ficou repetindo: — Alexandre Pickard, Alexandre Pickard...

Bala outra vez.

No meio do medo, Guido resolveu contar. Contar números faz passar depressa tanto tempo perigoso. — Era ensino da irmã.

Pensou em contar até duzentos. Devagarinho para render.

Quando chegou em 48, lembrou-se do fiambre defumado que trazia no bolso de dentro da casaquilha.

Dentro mesmo do bolso, arrancou um naco e meteu-o na boca.

Numa gulodice súbita, devorou outro pedaço maior.

— 49, 50, 51, 52 (contava com a boca cheia).

Então, percebeu que os bancos haviam sido arredados para os cantos e os companheiros, obedecendo ordem do major, já estavam formados em lugar dos bancos.

Com certeza, estavam se preparando para saírem à rua! Calabar resolvera-se a guerrear lá fora... Ele é que não entendia as ordens, surdo de terror.

— 53, 49, 50... Não! — Comeu mais fiambre e meteu-se na formatura.

Acontecesse o que tivesse de acontecer, estava tudo acabado! Os olhos largaram-se da santa.

Ficou parado sem escutar nada do que diziam ao redor. Logo, voltou correndo para a santa. Pensamento resvalou para a mulher bonita da rua da Praia. Diziam que a mulher bonita era rapariga de um coronel da cavalaria ligeira.

Se Guido pudesse ter uma rapariga assim, um dia... Olho aflito, boca mastigando fiambre, desesperadamente, virou a cabeça para a porta. — Agora, era só sair e esperar pela bala!

Quando a bala entrasse, a dor devia de ser insuportável! Melhor se acertasse na perna ou no braço. Terrível se fosse no peito!

— A santa não tinha...

Gostaria de saber se o buraco fica preto em roda ou se o sangue avermelha tudo, quando a bala fura.

Procurou adivinhar o lugar certo onde seria atingido: na coxa? Do lado direito ou do lado esquerdo? Sobre o joelho?

— Havia de morrer de manhã ou de noite... ou ali mesmo, junto à santa?

Seria bom saber também se havia possibilidade de ver o sol começando a clarear no dia seguinte.

E se o major, com aquela formatura dentro da igreja, já tivesse dado ordem para abrirem a porta?

Medo na barriga, Guido falou alto:

— Não vai ter tempo... acho que não vai ter tempo...

De repente, Guido começou a imaginar todas as balas acertando-lhe na cabeça ao mesmo tempo. Calabar ia dar a carga, na certa! Logo que abrissem as portas, as balas haviam de acertar-lhe a cabeça... Isso, era fora de dúvida!

Gruche saberia como era uma bala dentro do olho? (Um cisco já era um inferno...) Ou na boca, arrebentando os dentes?

Numa gulodice cada vez mais frenética, mastigava o fiambre em bocados enormes.

— Se arrebentasse os dentes, uns haviam de cair no chão... A santa não tinha seios... a rapariga da rua da Praia era de um coronel da cavalaria ligeira... Como seriam as calças da...

Guido gritou numa agonia e o grito sobrepôs-se à algazarra dos soldados:

— Vosmecês sabem como são as calças da rapariga da rua da Praia?

Quando apertou as pernas com força, sentiu um gosto enorme nisso. Percebeu os molhados correndo e desandou a chorar alto, numa infinidade de soluços a quererem explodir todos a um mesmo tempo. Quando viu, foi a mão de Calabar nos seus cabelos.

A voz veio na língua amiga de Gruche:

— Chora não, menino! Nós estamos seguros. Ninguém vai entrar aqui antes de Van Schkoppe chegar. — Mas como Guido prosseguisse com os soluços, o major tranqüilizou-o: — Ele vem já! Tu é um homem duro... Que é isso? Tu ainda vai é tacar muito tiro em cima deles...

A palavra *tacar* saiu em português e Guido não entendeu.

— Coragem, menino! — Calabar animou ainda. — Se te escolhi para vir comigo — a mão prosseguia nos cabelos — é porque tu é um machinho teso...

Guido também não compreendeu aquilo de *machinho teso*, mas o choro parou e Calabar saiu na carreira atrás de dar outras ordens.

Então, Guido ergueu a escopeta e ficou examinando aquela coisa, muito assustado, como se nunca tivesse visto uma arma em toda sua vida.

Veio-lhe foi uma vontade danada de arrebentar os dentes dos que não paravam de atirar contra a igreja.

Fungou com força e limpou o nariz muito vermelho na manga.

Cheio de raiva, recomeçou:

— 57, 58... a irmã com o pé duro... 61... o soldo... a mulher da rua da Praia... era bom ter uma rapariga... 62, 63, 64, 64... e quatro, e quatro... os dentes arrebentados... a mulher... a irmã... 64... e quatro... as calças... Agora, iam sair mesmo... os dentes... o buraco preto em roda... a santa... A santa não tinha seios! Por que não tinha?...

Guido puxou o companheiro da frente. O companheiro da frente voltou-se aborrecido. Guido apontou falando absurdamente baixo:

— Viu? Aquela santa... — e desandou a chorar de novo, trançando as pernas, encolhido como se estivesse sentindo todos os frios de janeiro, lá em Haia distante.

204

Pickard era tenente e viera como ajudante especial para as manobras.

Calabar ordenou-lhe um levantamento rápido, logo que a tropa ficou em forma (a formatura que tanto assustara Guido).

Minutos depois, Pickard perfilou-se em frente ao major:

— Noventa e seis homens ao todo — declarou.

— Munição?

— Pouca mas suficiente para três ou quatro horas de luta pesada. Muita pólvora.

— Rancho?

— Nulo — a resposta saiu na despreocupação.

— Água?

— Alguma em cantis individuais. A pipa ficou lá fora — o ajudante referia-se ao pipote trazido por dois soldados para as necessidades da botica.

Calabar não demorou:

— Confisque-a toda, senhor Pickard. Arrecade os cantis e meta-os sob guarda de Mané Caridade. Distribuição por tamina. Havemos de regular isso. Feridos?

— Aqui dentro, poucos. Os piores ficaram na rua.

— Recolha-os em um canto. Reforce as portas.

Fora, o tiroteio parou de todo.

Calabar escutou com esperança em Van Schkoppe:

— Pickard amigo, temos de agüentar algumas horas. Seis, no máximo. Isso passa! Schkoppe virá por aí...

O comandante terminou e afastou-se para o vão da escadinha do coro. Demorou-se um minuto em cuidados com a roupa maltratada. Sacudiu a lama seca das botas, fofou a renda da véstia muito amarfanhada e subiu à torre, em reconhecimento.

— Por que dom Matias teria chegado primeiro? — a indagação machucava no sem resposta. As palavras caíam como pedras no fundo de um poço: — Por quê?

205

Em cima, ainda remoendo hipóteses, debruçou-se no pombal do sino. Ninguém na rua!

Mortos e feridos haviam sido removidos do adro e da ladeira por estranhas mãos.

Dentro da torre, andorinhas esvoaçavam desolação. Ainda estavam inquietas pelos tiros.

Calabar sentia cheiro de coisas velhas, de madeira podre, cheiro de passados.

Uma aranha correu na teia como moça de circo no arame. Num segundo, a aranha fez um casulo em roda do inseto que se debatia furiosamente entre os fios pegajosos. Logo, um pássaro vindo dos impossíveis (o major lembrou-se do cavalo de Clara Camarão) devorou inseto e aranha.

O pássaro sumiu nos impossíveis (Calabar ainda estava pensando no cavalo). Esqueceu os olhos lá embaixo. Pressentimento veio vindo como sono em corpo saciado. De repente, explodiu na angústia de uma intuição: — Van Schkoppe não chegará mais!

Então, vindo dos longes, começou a ouvir o rufo compassado de um tambor, ferindo o silêncio da ladeira deserta.

Dobrando a última quadra, no canto de baixo, um arauto de Castela surgiu de subida com sua flâmula de tréguas. Ao lado da casaca vermelha, o tambor insistia nas batidas solitárias, irritantemente compassadas, repercutindo nas pedras do chão.

O major desceu aflito e mandou que se apanhasse a mensagem.

Um bagageiro saiu ao encontro do visitante, fez a saudação de estilo, recebeu o papel e voltou correndo para a igreja.

Fora, o arauto regressou com seu tambor irritante a se abafar nas pedras da rua.

206

Calabar tomou o expediente das mãos do portador. Sem demora, rompeu o selo de armas.

Leu:

"Senhores. Para a má sina da causa que defendeis com tamanho denodo, não haverá qualquer esperança de êxito. O reforço que esperais de Barra Grande não mais virá: foi interceptado por homens leais a Castela. Como prova de minha lealdade e penhor de fé em minhas palavras, concito-vos a ver hoje, ao meio-dia, das seteiras da torre dessa igreja ocupada indevidamente por vossos ambiciosos dirigentes, o corpo morto do Guia Vaz, sacrificado em sua traição pelo brio dos nossos. Dentro em pouco, esperamos chegar o efetivo do Mui Ilustre Conde, General San Felice de Bagnuolo, cuja bravura é conhecida dos amigos e temida pelos inimigos. Essa será mais uma razão para que vos entregueis à justiça de Deus e de Castela. Em nome da civilização cristã, conjuro-vos a depor vossas armas, de maneira sem condições, para que a morte por fome, por sede e por abandono não se abanque entre vós pelo severo sítio que ora vos é imposto. Por Mui Grata Mercê Real, fica-vos assegurado, por inteiro, o sagrado direito de resgate, inclusive aos de mor graduação e patente.

A benevolência de El-Rei não atingirá, porém, e também por igual direito, aos brasileiros, lusos e castelanos — bem assim aos escravos e selvagens catequizados ou não — que, porventura, se aposentem entre vós.

> *Dom Matias de Albuquerque Maranhão*
> Comandante-Geral da Colônia"

207

Calabar releu a intimação com mais vagar. Percebeu a perfídia: o único brasileiro abrigado na igreja era ele próprio!

Português, selvagem ou castelano, não havia ninguém! Eram todos neerlandeses!

Pickard revoltou-se. Tomou a carta:

— Morreremos todos! Não há dúvida: morreremos todos! Uma infâmia! Ninguém se rende! Está decidido!

As pragas espocaram em flamengo.

Calabar ficou enrolando, numa distração, a carta restituída por seu ajudante.

Pensamento demorou para tomar ponto. Deu de se afundar nos passados.

O major pensou, primeiro, em Bárbara dentro do rio. Pensou em Aninhas na soledade do Caminho da Bica: — "Entra não! Tu se passou, Domingos... Tu era bom!"

A mãe representou-se-lhe na imaginação...

— Teria valido a pena?

Lembrança da irmã sacudiu a pergunta. Nasceu outra: — Em sua vida, no tombo dos dias, teria levantado ou derruído mais coisas?

Rosa Cambaio veio vindo. Encostou com seu galo. A voz era de Rosa: — "Tanto mundo dentro e tanto mundo fora de cada um!"

A voz se apagou na distância das portas perdidas.

— Portas perdidas... passos perdidos... Senhor dos Passos... Santas Dores gostava de Maria Rita!

Só ele sabia. Uma noite, na casinha do istmo, falaram da menina. Foi um acaso. O padre disse: — "Felicidade não é a gente largar uma coisa desejando a coisa, Domingos; felicidade mesmo é largar sem desejar...". Quem não via, nessa conversa despropositada, cabimento de amor? Logo, Santas Dores desembestou falando dos hereges.

Maria Rita tomou conta da tristeza do mulato. O corpo claro da menina varou o mato, um pé fora da sapatilha: — "Eles queriam... então, eu vim!" Era Maria Rita falando. Vestido rasgado no banzeiro do vento, suor pingando do rosto aflito, cabelo desmanchado sobre os ombros, boca talhada que nem melancia madura, olhos na obstinação da vingança...

— Ao cepo! — Calabar falou alto como no dia da desgraça.

— E se o tempo voltasse para trás?

Súbito, o major deu fé de seus homens em volta. Era o comandante. Precisava dirigir sua guerra! Mesmo assim, a pergunta não queria largar dele. Tinha de responder porque pergunta que a gente caça carece resposta para deixar vão de passagem.

— Se voltasse atrás? Não! O que se faz está feito! Se voltasse, a ordem não podia ter derivativo. Mané Caridade dizia...

Calabar lembrou-se do aguazil. Caridade era escravo! Os castelanos não reconheciam alforria dada pelos invasores. Mané Caridade estava condenado também! Não poderia obter resgate!

O major, já de volta ao presente, firmou-se na realidade do cerco. Desenrolou o papel machucado nas mãos e foi ter com o negro.

Pickard prosseguia berrando seus insultos:

— Porcos! — terminou.

208

O velho portador de autos e recados dos holandeses estava sentado detrás do altar grande, às voltas com os cantis da tropa.

Calabar agachou-se:

— Mané, ouça isto — leu pausadamente o repulsivo bilhete de dom Matias — Senhores...

O negro ouviu calado até o final. Então, fez que sim com a cabeça.

— Entendeu, Mané? — o major duvidou. — Isso quer dizer que só tu e eu não temos salvação.

Caridade anuiu calado.

— Queres sacrificar-te aos companheiros por esse preço?

Caridade disse que sim, num gesto firme.

— Se quiseres, vou eu na frente e tentar tua vida... Levarei dinheiro para resgatar a todos... a ti, talvez.

Houve um silêncio duro.

— E o major? — perguntou o negro, rompendo o silêncio como se fosse um zunido de mosca.

— Isso é gado de meu cercado, Mané!

Outro silêncio.

O aguazil levantou-se aos poucos como se o aleijão dos joelhos estourados em bico pela calada dos ferros doesse do esforço:

— Primeiro, vou assuntar o corpo do Guia Vaz... Bom moço! Até que pode ser patranha de dom Matias... Pode não, major?

Calabar apertou-lhe a mão dentro do silêncio duro.

209

Caridade encaminhou-se para a escada do coro e subiu macio para a torre.

Não levava pressa.

Calabar voltou a pensar um mundo de coisas. Só acordou quando sentiu movimento de reação armada.

Era Pickard resolvido a agir na desobediência.

O comandante correu para impedir a loucura:

— Pickard, não! Por enquanto, não!

— Major, me desculpe... é que não vai haver rendição nenhuma! Me desculpe, mas ninguém vai se render assim! Vamos brigar até o fim. Vamos sair pra rua...

— Basta! Guarde as armas! — a voz era a de sempre.

Calabar sentiu porém a lealdade do outro. O holandês era valente como um corno! Engambelou-o:

— Depois... talvez...

Pickard deu contra-ordem:

— Afinal, quem manda é vosmecê, major!

210

Quando viram, foi a porta se abrir e Mané Caridade sair correndo com sua bandeira branca para o meio da ladeira.

Sumiu para os lados de baixo.

— Negro limpo! — Calabar se aliviou no entusiasmo. — Assim, foi melhor! — chamou o ajudante, ainda inconformado, e entregou-lhe a caixa do numerário.

— Assim, foi melhor, não foi? Mané resolveu a dificuldade por si! Agora, senhor Pickard, trate vosmecê disto que será mais ao gosto de Castela. O dinheiro dá bem para o resgate geral. Ainda sobra muito ouro pra dom Matias socar onde quiser... Já agora deve o amigo cuidar de tudo. Veja se salva o Caridade... fale em compra.

Pickard estava tremendo de raiva. Agarrou-lhe os ombros num transporte e beijou-lhe na face:

— Resgato todos... a mim, não! Não sou homem de ser resgatado!

O mameluco explicou-lhe da necessidade de aceitar a proposta. Convenceu·o, por fim, obtendo promessa. — Não era um favor nem uma humilhação! Era direito de guerra. O subordinado ainda havia de ser muito útil aos invasores, dali por diante... Abraçou-o em comoção.

Logo, a voz encheu a nave como um eco num vórtice:

— Soldados! Atenção! Abram a porta e saiam todos! — foi sua última ordem de comando. — Assuma, Pickard!

O ajudante perfilou-se à frente dos rendidos:

— Em forma! — obedecido, prosseguiu: — Soldados! Abandonem todas as armas no solo! — Ele próprio desembainhou sua espada. Tomou-a pela ponta aguçada com os copos para baixo. Saudou Calabar e virou-se para a saída.

Tinha lágrimas nos olhos. A voz custou a ser retomada:

— Soldados! Em... marcha!

Braços cruzados sobre o peito farto, Calabar assistiu ao desfile até que o derradeiro homem passasse pela porta escancarada.

No fim da forma, Guido vinha comendo fiambre como se tornasse de volta a uma brincadeira. Que lhe importava, agora, ouvir Calabar a acariciar-lhe os cabelos — "Viu? Pickard vai pagar o resgate...". Que lhe importava que a santa apontasse para os caibros com um dedo escalavrado? Que não tivesse seios?

Quando Guido transpôs a porta, voltou-se numa alegria e estendeu a língua:

— Fica-te aí, bruxa de barro! Vá assombrar tua mãe!

211

Fora, logo que Mané Caridade apareceu com sua bandeira branca, os de Castela suspenderam a manobra infantil ordenada por Rabelinho para atemorizar os sitiados: três filas de granadeiros subiam por trás do outeiro, desciam pela face em frente à igreja, disparavam dois tiros, faziam barulho mostrando força, tornavam a subir escondidos, tornavam a descer.

212

Só, no interior do templo Calabar desembainhou também sua bonita espada holandesa e, num ímpeto brutal, partiu-lhe a lâmina sobre o joelho erguido.

Depois, virou-se para o altar da Virgem dos Navegantes:

— Aí está, Senhora! Não servirá a mais ninguém! — a voz nadava em calma.

Calabar contemplou a Virgem por alguns instantes como se estivesse esperando resposta. Então, fofou mais uma vez a gola de rendas, examinou detidamente as unhas crescidas numa triste reprovação e saiu por fim, estourando vitória.

Já os homens de Matias de Albuquerque vigiavam os vencidos em linha (Guido mastigando fiambre defumado).

Pickard, à frente da tropa desarmada, foi levado logo a conferenciar com o Estado-Maior do comandante-geral enquanto o terrível Rabelinho, com vinte subordinados, arrebatou Domingos Calabar para o porão do Corpo da Guarda, transformado em masmorra.

Rabelinho espumava ódio pelos cantos da boca...

213

Frei Manuel, o religioso que considerava os holandeses a pior peste da terra, dispensou os dois esbirros que o acompanhavam de ordem de Rabelinho e se encaminhou para a escada dos fundos do Corpo da Guarda.

Esperança de fazer o prisioneiro falar não era esperança de esteio.

Dom Matias queria informações sobre o inimigo, por isso mandou o padre.

Queria nome por nome dos que andavam dando conversa aos invasores, contando o que se passava entre os seus, comentando com holanda descarado as decisões do conde ou a chegada de naus aliadas.

A verdade é que dom Matias, muito zeloso de sua guerra, ansiava por tudo o que lhe pudesse trazer benefício. O resto, o oferecimento que mandou o frade fazer para que Calabar retornasse "com honra e glória" às fileiras castelanas (salvando a alma nas voltas), não passava de recomendação sem cabimento. — Quem não sabia do ódio que o nativo tinha a Castela e às suas coisas? — Quem ignorava que o major havia de rejeitar — com muita ofensa até — qualquer barganha política?

Mais do que certo estava o frade de que o mameluco desabusado não voltaria mais nunca a usar o tope de oficial ibérico no alto de seu chapéu.

— Enfim!... — consolou-se da certeza de que a missão era missão perdida. — Pode ser... Não custa tentar os impossíveis! Às vezes, acontece um milagre quando não se espera...

Frei Manuel estava só pensando em ganhar louvor de dom Matias. Começou a descer a escadinha, iluminada apenas pela fresta de cima.

O religioso prosseguia meditando: — Homem! Naquela situação, já sentindo o arrocho da corda no pescoço... — Falou alto:

— Prometo-lhe a suspensão do confisco! Está decidido: a suspensão! A devolução dos bens... mais uma grande patente.

No íntimo, o padre sabia que a volta do major zangado seria a melhor coisa que podia acontecer naqueles dias de grande aperto.

— Com Calabar outra vez de nosso lado, a guerra vai ser um pau por um olho! — Frei Manuel gozava na imaginação. — Mas só mesmo por um milagre!

214

Chegou à cela.

Abaixou a cabeça.

Mesmo assim, recuou esfregando o cocuruto: os degrauzinhos que desciam para o porão não compensavam a pouca altura da trave.

Sacudiu da sotaina os rípios caídos com o choque. Aproveitou o gesto para sacudir também a zanga infantil que, com a dor, o assaltara de improviso.

Agachou-se mais e, com maior cuidado, investiu para dentro.

Entrou, mas em lugar de prosseguir, deu de se voltar, a ver, numa curiosidade inútil, onde tinha batido com a cabeça.

O resultado foi que se enredou num escabelo pesado e se magoou numa perna também.

Contendo-se para não explodir em pragas, examinou a nova pisadura:

— Diabo leve! — o escabelo correu arranhando na laje do chão.

215

Calabar estava deitado sobre o catre, mãos cruzadas na nuca, no jeito de travesseiro.

A violência com que fora metido naquele canto berrava-lhe em equimoses e escalavrados recentes.

Roxa, a mão esquerda tinha dois dedos inchados como se houvesse fraturas. Afinal, chega hora em que macho mesmo refuga tanta pancada; abre largo na covardia dos agressores e queima reação maluca!

Perturbado com a intromissão acidentada, afastou do ferimento rompido na testa os cabelos alourados e ergueu-se devagar:

— Resolveram, padre? Já resolveram?

A resposta veio num gesto estreito:

— Resolveram... quê?

Calabar não se interessou pela interrogação. Levantou o escabelo tombado e sentou-se defronte do padre:

— Dom Matias deve estar com pressa e tem sua razão! Há de querer ver-me pelas costas o quanto antes...

Como o padre ficasse calado, Calabar prosseguiu:

— Não tenha dúvida... são uns poltrões... Todos! — o cuspe saiu de esguicho para as umidades da parede. No ar, ficou agarrado um silêncio incômodo. — O padre vem tomar-me a confissão, não é isso? Estou pronto! Precisamos morrer em paz com Deus já que com esses...

Abafando o impropério, frei Manuel recitou uma jaculatória. Depois, sobressaltou-se:

— Para a confissão, não! — não lhe saísse tudo prejudicado com a tranca do sacramento! Aquela precipitação do major podia deitar tudo a perder. Procurou abrigo na dignidade religiosa e terminou por explicar conciliador: — Domingos, vamos conversar um pouco. Desci para isso. É que vosmecê está muito só... muito só...

— Nossos campos são tão opostos, padre, que o melhor mesmo será a confissão. Adiantemos a coisa para a tranqüilidade de dom Matias!

— A confissão, não! Ainda é cedo! — o padre berrou aflito.

Calabar não se importou:

— Quer saber? Dói-me apenas...

— Não! Não, já! — o outro afligiu-se de todo. Queria delações, isso, sim! Nada de sigilo. Queria alguma coisa de última hora, informações fáceis de extorquir a uma alma deprimida. Frei Manuel desviou o assunto de modo brusco. — É que ainda estou meio às tontas... Compreende? Vosmecê viu que tremenda bordoada dei eu com a cabeça naquela maldita porta? — com a mão, tornou a avaliar a extensão do ferimento. — Porta miserável! — enquanto procurava jeito de recomeçar, acrescentou cheio de ira: — Obra de negros! Aquilo só pode ter sido obra de negros...

— Para os negros — Calabar corrigiu de imediato, dentro da serenidade. — Obra de portugueses, padre!

O frei sentiu a desvantagem da posição. Antes que a conversa resvalasse mais, entrou sem rodeios:

— Afinal, Domingos... Vosmecê... tão bravo! Tão dos nossos...

O prisioneiro não deixou vão aberto na afirmativa:

— Que *nossos*, frei Manuel?

O silêncio tornou a pesar seus incômodos no murado da cela. Calabar esperou resposta. Provocou:

— Frei Manuel fala de dom Matias, do conde bêbedo ou do porco do Rabelinho?

Então, o padre falou:

— Considere, Domingos, que ainda não está tudo perdido. A isso venho eu. Nós sabemos que negociantes e outros pernambucanos menos cristãos andam de ajuda aos hereges... Não! — resvalou — não digo que o façam por mal... mas a verdade é que andam, e andam de cama e mesa, como se costuma dizer. Sabemos até que, entre nós, em nossa própria força, temos amigos infiéis! Nós não sabemos quais são. Seria contra Deus apontá-los sem provas... Mas, vosmecê, do lado de lá, bem os conhece... — frei Manuel fez uma pausa para avaliar a expressão do preso. — O Domingos, se quisesse, poderia dizer o bastante. Só o bastante para... — os olhos de Calabar queimavam nos olhos do padre — para... digamos, livrá-lo das iras muito justas de dom Matias. Para alcançar-lhe, até, a graça do perdão! Digo-lh'o eu! Sabe? Dom Matias o aprecia... sempre o apreciou! Depois, há que contar com a misericórdia divina... com a benevolência dos que foram traídos...

Calabar deixou passar tempo comprido como se não tivesse escutado coisa alguma.

Frei Manuel já pensava no milagre quando o prisioneiro começou:

— Benevolência dos que foram traídos, padre? Traídos por quem? Por mim?!

O padre abriu os braços e encolheu o pescoço lembrando-se de um vago trecho da História Sagrada:

— Tu o disseste, meu filho!

Calabar continuou sentado no escabelo sem se preocupar com que o padre estivesse pensando.

— Padre, eu nasci de uma traição. Meu pai tinha o sangue de vossa reverendíssima e era temente ao mesmo Deus. Eu teria traído a esse Deus? Ao Deus dos holandeses ou aos muitos deuses de minha mãe? Teria traído à vontade de ver minha nação levantada? Ou traí à coroa de Portugal, vendida e colônia também como Pernambuco? Coroa de aventureiros e ladrões, de napolitanos mercenários, assassinos e biltres... Para que se acuse um homem traidor, padre, é preciso que se lhe mostre a coisa traída!

Calabar levantou-se por fim. Durante um minuto, parou interessado na inchação dos dedos magoados pela reação contra Rabelinho. Prosseguiu:

— Talvez o padre queira se referir à honra... Traí a honra? Minha! De quem? — Ao pôr-se de pé, o major cresceu assustadoramente. Com o dorso da mão sã, enxugou a espuma branca que lhe bordava os lábios. — Traição é denunciar amigos... Traição é ceder nos momentos derradeiros por uma esperança feita de malícia... É vender, em nome da misericórdia divina e da benevolência de uma corja vil os que se nos confiaram em seus bens, em suas vidas e em suas vontades! Tudo isso por junto, padre, tudo tão à feição dos que vossa reverendíssima chama de *os nossos*, é que é desonra e traição! Dom Matias quer delações? Pois aí as tem: são partidários dos flamengos todos os que querem esta terra farta e acarinhada, sejam eles de que nação forem!

O padre também pôs-se de pé, aterrado. Calabar prosseguiu no entusiasmo da revolta:

— Diga-lhe isso, padre. Diga-lhe e rogue para que me não demorem, como não me demoraria eu em executá-los a todos, se os agarrasse primeiro! Para isso, vim a Porto Calvo. Cheguei tarde! Porque... Sabe Deus por quê?...

Calabar fraquejou. As palavras finais saíram apertadas pelo esforço de conter lágrimas: — Que me não demorem... Eu nunca me demorei em tais serviços... ainda que me custassem. Alguns me custaram! Há deveres, padre, que só se cumpre... —

calou-se ante a inutilidade evidente de prosseguir. Ficou olhando para frei Manuel. Num instante, porém, o mulato se reencontrou. A dissipar emoções, o vento do sarcasmo fez-lhe vibrar a petulância antiga. Cuspiu longe:

— Ao sair, padre, lembre-se de que a porta é baixa. Feita pelos portugueses... Quando passar, ou vossa reverendíssima se curva ou dá com a cabeça! — Depois, repuxou cuidadosamente a manga da véstia amarrotada, cruzou os braços no peito largo, cheio de cautela com a mão ferida, e permaneceu imóvel até que frei Manuel se afastasse com sua desilusão de ganhar louvor do comandante-geral.

216

Burburinho de fora chegava à cela abafado pela seqüência de muros e portas.

Ainda imóvel como da saída do padre, Calabar pensou em Bárbara como num acidente. Pensou na filha. A filha.

Só a filha, nos ecos do sangue, compreenderia sua absurda solidão! Só ela, por certo, saberia invadir o refúgio em que seu coração sempre vivera isolado, desde menino, numa cafua bem mais tenebrosa do que aquela prisão! Só ela, a filha morta, diria então com sua pequenina voz de pernambucana: — "Por que meu pai está tão sozinho?" — e o tomaria pela mão para a trisca das alegrias...

Era verdade que sua vida tinha sido uma serra verdejante de vitórias! Mas vitórias sem sombra... vitórias sem com quem dividir festejos... vitórias de um homem irremediavelmente só!

Era verdade que nenhuma delas tinha lhe custado canseiras. Estava habituado a vencer sempre, em qualquer terreno, como coisa que não tivesse variante. Vencia por costume! Vencera a tudo na vida com a mesma fatalidade tranqüila e o nenhum rendimento com que vencera seu primeiro jogo de chinquilho, molecote ainda, naquela mesma vila, naquela mesma ladeira onde, agora, estava encerrado por ordem de dom Matias de Albuquerque!... Naquele dia — lembrou-se sem mágoa — muitos meninos estavam jogando o chinquilho... Ele passou por um acaso. Tomou as malhas de ferro sem pedir licença. Atirou-as no ar, imitando os meninos. Acertou todas! Os meninos cataram em silêncio os cinco paus da brincadeira e se foram em silêncio, deixando-o só — vencedor e triste!

Daí por diante, acostumara-se a vencer assim: os derrotados indo-se embora calados; ele permanecendo com sua glória, só e triste, como uma palmeira velha, no campo de sua vitória inútil...

217

Despedindo-se do sonho com a filha desconhecida, o prisioneiro começou a ver a terra se espalhando no futuro de Pernambuco. Isso, saltando por cima das horas como homem já livre de tarefas. Fizera a sua parte. Outros que se metessem por novas trilhas!

— Desde o primeiro passo que uma pessoa dá na vida, até o derradeiro, todos levam-na a um fim só! — botou idéia no padre Estêvão, fugindo de seus próprios passos. — Cada qual se larga é pelos caminhos que acha na frente! — Os olhos se adoçaram no claro estranho da íris.

O major estalou as juntas da mão sadia e ficou parado, parado, pensando, pensando...

218

*D*ireitinho!

Parecia direitinho que, dentro da cela, ele estava escutando a mastigação das moendas comendo os gomos de cana madura!

Um carro de bois deu de gemer toada de subida.

Vento sacudia os coqueirais da praia numa fome de liberdade, uivando de doido para os claros da lua.

Depois, se afogava no mar.

Pensamento serenado, cambou-se para os começos: — Guerra pipocou em Pau Amarelo... zanzou no arretamento dos combates duros... disparou incendiando tudo no desespero de derrubar...

Desencanto com dom Matias veio depois. O Recife bonito toda a vida, do lado holandês!

A derrota de seus moinhos e benfeitorias, pesados de imposto castelo.

Humilhação danada! Nem na sala do comandante-geral tinha entrada! — Negro! A passagem para a força de Waerdenburch... Foi daí que surgiram os ódios e as incompreensões dos que não entendiam seu desejo largo de uma nação diferente... De um Pernambuco bom!

Desprezo até das caboclinhas do Caminho da Bica... Só os rumos ficaram com ele! Ficaram até aquele final besta, o mais impossível de acontecer! Final de menino espasmado!

Tudo, porque facilitara além da conta!

Remorso que havia era só aquele: deixar-se apanhar pelo açodamento da vaidade. Sede maluca de agarrar o conde (— Negro! Negro!), sem demora nos planos, tinha posto tudo a perder.

Logo ele, um homem que jamais se precipitara em coisa alguma na vida! Agora, os holandeses não tomariam nunca pé no Brasil. Os castelanos haviam de se lavar na satisfação de machucar a terra, de aumentar dízimos, de afogar o povo...

Carro de bois seguia na toada de subida, por dentro da cela. A cena apareceu viva como um clarão: a mata, os mosqueteiros rodeando Maria Rita, suada, um pé descalço (que a carreira levara-lhe uma sapatilha...), cabelos desmanchados sobre a palidez da carne alva, olhos secos no brilho da vingança, os seios altos, empinados, subindo e descendo na coragem decidida de o matar...

Maria Rita — grande como Filipe Camarão! — Maria Rita!

Só então o major conseguia repetir o nome da moça com prazer de lavar peito: — Maria Rita! Como pode alguém odiar assim sem ter amado antes?!

A pergunta irrompeu como um coice, torando o pensamento de fora a fora:

— E, se em vez de Bárbara...?

219

Quando os soldados de dom Matias de Albuquerque Maranhão vieram buscá-lo, na brutalidade pura, para a justiça de Castela, um frade estava na igreja nova, orando piamente por aquela alma que havia de ser julgada, dali a bocado, muito acima das limitações dos homens.

Era frei Manuel Calado, o confessor.

Fora, o corpo negro do aguazil Mané Caridade (pés para dentro, joelhos estourados em bico pela calada dos ferros), balançava no galho mais alto de um cajueiro colorido como domingo de Páscoa.

Era como se o velho escravo estivesse escutando uma porção de ganzás no outro lado do mar, numa praia muito alva, cheia de sol e negros alegres...

220

Entardecia.

22 de julho de 1635.

No adro da capela onde o confessor rezava com o rosto entre as mãos, Vernola — um napolitano cabeludo travestido de preboste —, entre um ouvidor castelano e um escrivão português, dava início ao julgamento militar de um guerreiro que havia traído a fé, a civilização e a coroa católica e fidelíssima de Espanha e Portugal — conforme diziam os papéis oficiais, redigidos muito à pressa.

No tribunal improvisado (a mesa coberta com um pano da Costa para a compostura da solenidade), as perguntas se perdiam sem resposta.

Vernola impacientou-se:

— Assim, é impossível! Assim, não se pode fazer um interrogatório decente. Vamos, senhor! Que diabo de nome tens tu?

O silêncio só era cortado pelas blasfêmias do napolitano:

— O nome, filho de Deus! Pelo menos, o nome...

O preboste fazia bico com os lábios como se fosse para beijar. Em seguida, inundava tudo com gestos. Juntava os dedos a ponto de levá-los à boca como para comê-los.

Calabar estava pensando em Maria Rita como se a filha bonita de Pedro Saavedra fosse o corpo vivo daquela terra virgem de civilização e farta de tudo.

Pernambuco amava certamente seus colonizadores na mesma pisada de Maria Rita: pisada rude como o ódio.

Talvez, rude como o ódio também, a terra só quisesse bem a dom Matias e seus mercenários... talvez a terra não gostasse dos holandeses... talvez ele tivesse compreendido muito tarde aquele amor.

O major percebeu que tinha entendido muito tarde o jeito de Maria Rita.

Frei Manuel teria razão? E o conde? E Rabelinho? E Aninhas... (— "Tu era bom, Domingos... tu se passou...").

Quando a palavra "traição" rasgou de ponta a ponta a cena daquele tribunal estranho, o réu estremeceu como se uma corrente de ar o atingisse pelas costas.

Vernola adivinhou a indagação dos íntimos e, antes que Calabar, seguro na realidade, banisse a palavra invasora, apontou-lhe com o dedo num transporte de vitória:

— Tu treme! — invocando o testemunho de todos, atirou as mãos aflitas, cheias de gestos, olhos fechados como que rendido à evidência da verdade triste. — Atenti! — e finalizou, voltando-se para Calabar com um riso profundamente doloroso: — Tu sei culpato! Visto!

Certo dos rumos, já livre da angústia de suas dúvidas, o major ficou examinando as unhas numa última reprovação aos cantos sujos.

Um beleguim chegou apressado. Debruçou-se ao ouvido do preboste e transmitiu o recado do comandante-geral:

— Urge terminar, senhor! Van Schkoppe aproxima-se...

Vernola encolheu-se dentro do pelote:

— Visto! Já está!

221

Guiné Nicolau esperava de baraço pronto.

Calabar passou levando nos olhos um mundo de chão vencido. Ao deparar com os calções de balbutina vermelha de dom Matias, cuspiu pela falha de dentes todo o seu grande nojo por tudo aquilo.

— E era aquela gente que...

222

— ... Maria Rita defendia!

O pensamento ficou rolando inchado no tempo.

O major subiu o degrau do patíbulo, lembrança dos remotos tapando todos os vãos.

De embolo com a figurinha de Bárbara se rindo na vadiação das ternuras, o corpo de Rita, suado, um pé descalço, os peitos levantados na mordida das decisões, bateu nas últimas quebradas de uma trave grossa onde a cara de Guiné Nicolau virou duas mãos compridas em volta do seu pescoço.

Depois, tudo coriscou no medonho de um raio difuso e se apagou de vez, dentro das águas de uma lagoa sem bordas.

No reteso da corda, os músculos tetanizaram-se numa ereção violenta.

A arcada do peito estufou e os pés se levantaram para trás até quase tocarem a nuca.

Por um momento, o corpo tomou a forma sinistra de um escorpião irado, enorme.

Logo, porém, as pernas caíram em normal, os pés apontaram os artelhos para o chão e a cabeça tombou sobre um ombro, numa docilidade tétrica.

Bagnuolo, olho amiudando curiosidades, deu o espetáculo por findo. Benzeu-se devagar. Depois, estalou um beijo guloso de amém na boneca dos dedos juntos. Por fim, sacou da vasta algibeira um vasto lenço, enxugou o suor abundante, aumentado pela genebra, e assoou-se com estardalhaço:

— Cani... o negro! Deste, já nos livrou o bom Deus... Porca!

Ao lado, o escrivão do feito procurou aflito os olhos do chefe e, quando os sentiu em si, desfolhou-se num largo sorriso de satisfação:

— Sim... claro, meu general! Deste patife já estamos livres, sim senhor... Graças a vossa senhoria! — mas, percebendo logo ali a figura rude do governador, apressou-se a acrescentar de maneira a ser bem ouvido: — E a dom Matias, naturalmente... naturalmente...

Noite caiu assombrando bicho no mato...

223

Dois dias depois, já boquinha da tarde, Van Schkoppe chegou a Porto Calvo com tropa renovada, lavada e faceira. Vinha feito para a vingança maior desse mundo mas encontrou foi a vila vazia.

Horas antes, povo de dom Matias carregado de muita tarega, engrossado pelos moradores do lugar, retirantes, famintos de um tudo, havia iniciado a mais penosa expedição de fuga pelos matos, rumo dado por Deus, pelas águas, pelos ventos, pelos azares do destino, a fugir... sempre a fugir.

Nos becos, Van Schkoppe e seu novo guia-sabedor só encontraram escravos largados e mendigos avulsos...

224

No coice dos retirantes a garantir tristeza de marcha, só o desespero de velho Camarão arrastava toda a sua imensa fidelidade à causa que, muito no fim, fora a mesma de Calabar: a eterna causa da terra.

Para trás, foram ficando cadáveres sem conta...

225

Dentro do mato, na derradeira volta já no aceiro do agreste, miséria tinindo na retranca, dom Matias aproveitou uma paradinha de refresco para perder os olhos no fundão do céu. Tempo rolou.

Brisa soprava de corridinha, fumaçando areia fina na folhagem macia, pintando os brotos novos de poeira.

O pensamento de dom Matias de Albuquerque estava era muito lá em cima, gozando lua pouca; se perdendo num bolo ralo de nuvens onde a Cruz do Sul e Antares — guiando sua constelação fatal — navegavam muito acima das limitações humanas, num mar grosso de estrelas, como dois velhos veleiros em capa.

Sobre o autor

João Felício dos Santos nasceu em Mendes (RJ), em 1911. Começou a escrever em 1938 e exerceu a profissão de jornalista por mais de quarenta anos.

Sobrinho do ilustre historiador Joaquim Felício dos Santos, o escritor é consagrado por seus romances históricos, nos quais retrata fases importantes do Brasil, como o ciclo minerador, a chegada da família real portuguesa, a Inconfidência Mineira, a Guerra dos Farrapos, e resgata personagens que se tornaram célebres — Xica da Silva, Carlota Joaquina, Aleijadinho, Anita Garibaldi, Calabar, entre outros. Suas biografias romanceadas apresentam uma linguagem acessível ao grande público, sem perder a excelência no que diz respeito ao rigor memorialístico. Por sua força expressiva, os livros *Xica da Silva; Carlota Joaquina; Ganga Zumba* (premiado pela Academia Brasileira de Letras) e *Cristo de Lama* foram adaptados para o cinema.

Também de autoria de João Felício dos Santos: *Ataíde, azul e vermelho; Major Calabar* e *João Abade*.

O autor faleceu em 13 de junho de 1989, no Rio de Janeiro.

Este livro foi impresso nas oficinas da
DISTRIBUIDORA RECORD DE SERVIÇOS DE IMPRENSA S.A.
Rua Argentina, 171 – Rio de Janeiro, RJ
para a
EDITORA JOSÉ OLYMPIO LTDA.
em abril de 2009

*

77º aniversário desta Casa de livros, fundada em 29.11.1931